Kurz vor Sex oder doch halb Sieben

Essays

Zur Autorin

Anna Hagmann wohnt, lebt, liebt und lacht in Wien. Sie beschreibt die Stadt selbst "als feine alte Dame". Sie lässt sich inspirieren von den alltäglichen Kleinigkeiten.

Dank ihrer pädagogisch-naturwissenschaftlichen Ausbildung hat sie eine Begeisterung für das Beobachten. Vor allem, die Menschen im Zusammenhang mit ihrer Mitwelt.

"Kurz vor Sex oder doch halb Sieben" ist eine erzählte Essay-Sammlung, die die Autorin in Kurzgeschichten verpackt hat.
Sie bedankt sich bei all den Frauen, die ihr Herz geöffnet und zu erzählen begonnen haben.

Mögen diese Geschichten noch weitere Frauen auf eine Reise mitnehmen und sie finden lassen, was sie schöner macht.

Impressum

© Anna Hagmann
Covergestaltung: Tom Gailer
Herstellung und Verlag: BoD – Books on Demand,
Norderstedt 2. Auflage 2021
ISBN: 9783752604054

Kennenlernen

<u>Erzähler</u>

Hallo ich, als Erzähler, führe Sie durch dieses kleine Büchlein und nehme Sie mit in das konträre Leben der beiden Frauen Lara und Mila. Die beiden könnten unterschiedlicher nicht sein und doch widerfahren ihnen ähnliche Situationen. Jede auf ihre eigene besondere Art fühlt und entscheidet anders. Sie treffen immer wieder zusammen an denselben Orten. Nur erkennen sie aneinander nicht wieder.
Nun stelle ich Ihnen diese beiden Frauen vor.

<u>Lara</u>

Lara ist eine Frau, die Struktur, einen Plan und einen geregelten Tag mag. Sie fühlt sich sicher, wenn ihr etwas Vertrautes Halt gibt. Sie beobachtet gerne, nur solange es niemand bemerkt. Sie lässt sich von Menschen faszinieren, die ganz anders sind als sie. Sie bewertet dann die Situation und deren Gefühle und vergleicht sie mit sich selbst. Ist sie heiter, glücklich und leichtsinnig, dann musiziert sie gerne. Sind die Gefühle schwer, dann sitzt sie gerne an einem stillen Ort und lässt die Gedanken kreisen.
Sie ist empathisch und hilfsbereit. Sie will glücklich machen – ihre Bedürfnisse stellt sie in den Hintergrund. Ihre Gedanken und Wünsche sind dann sehr

laut, doch Lara sagt kein Wort. Sie will niemand auf die Füße treten. Sie will sich das Recht nicht nehmen, andere zur Rede zu stellen – lieber nimmt sie es im Stummen hin.

Wenn es zu viel ist, wird Lara laut und emotional. Sie fühlt sich erschlagen von zu vielen ungesagten Worten. Von zu viel Ungerechtigkeit. Dann platzt alles aus ihr heraus. Später denkt sie, sie habe in einem Streit das Falsche gesagt und es noch schlimmer gemacht. Sie fühlt sich dann schuldig. Sie möchte über alles sprechen und eine gute Lösung für beide Seiten finden.

Ebenfalls möchte ich Ihnen Mila vorstellen, eine zu Lara sehr gegenteilige Frau.

<u>Mila</u>

Mila liebt es sich frei zu fühlen. Je spontaner und ungeplanter der Tag verläuft, umso glücklicher macht es sie. Sie beobachtet auch gerne und sie lässt sich von den Emotionen ihrer Mitmenschen auffangen. Augenkontakt hat jeder mit ihr – je offener und ehrlicher der Blickkontakt ist, umso mehr lächelt Mila.
Durch ihre offene Art zieht sie viele Menschen an und ist gern gesehen. Ihre Spontanität und

Heiterkeit machen sie zu einer Chaotin. Ihr passieren oft kleine Pannen, sie übersieht Kleinigkeiten oder vergisst wichtige Dinge.

Am liebsten genießt sie sich selbst – sie verliert dann das Zeitgefühl und lässt einfach los. Wenn es um ihren Genuss am Leben geht, dann nimmt sie keine Rücksicht. Sie weiß was sie will und will alles dafür tun, es zu bekommen.

Nach einem hitzigen Gespräch oder einer emotionalen Situation denkt Mila viel über ihr Leben nach. Trotzdem bleibt sie sich treu und will es das nächste Mal besser machen für sie und alle Betroffenen.

Nun können Sie sich ein kleines Bild von diesen beiden Frauen machen. Sie werden sie ganz bestimmt im Laufe dieser Geschichten besser kennenlernen. Sie und ich werden immer dabei sein, wo auch immer Lara und Mila gerade sind. Keine Angst sie werden uns schon nicht entdecken, sie können uns praktisch nicht sehen – das ist mein geheimes Talent. Ist das nicht toll? Jetzt genug gesagt – auf geht's.

8

Gedanken sind alles
was Wir glauben zu
werden

2) Heim kommen

Um Laras und Milas Leben verstehen zu können, müssen Sie anfangs ein Gefühl dafür bekommen, wie sich diese Frauen fühlen, wenn sie Heimkehren. Heimkehren nach Hause oder an vertraute Orte. Wann sie zur Ruhe kommen. Sie sind dann ganz sie selbst – unbeobachtet und allein.

<u>Lara</u>

Das aschgraue Licht des Tages fällt durchs Fenster herein, taucht den Raum dahinter in ein milchig weißes Licht. Die schweren Vorhänge gelb gefärbter Stofffasern hindern das Licht weiter in den Raum zu dringen. Bei diesem Fenster, wo draußen der große Apfelbaum steht, stehe ich wie eh und je an meinem alten Platz.

Meine geschwungenen Beine haben schon Rillen in den Boden gestemmt. Der Holzboden ist noch dunkel, dort wo meine große Oberfläche Schatten wirft und Sonnenlicht fehlt. Ich bin ein schwerfälliges Möbelstück. Ich kann schwermütig im Herzen liegen, aber auch Freudeklänge in Glücksmomenten sein. Das ein oder andere verliebte Paar habe ich zum Tanz begleitet.

Doch schon lange gab es keinen Liebestanz mehr auf diesem Holzboden, in diesem Raum, zu meinen melodischen Klängen. Ich bin doch mehr zu einem Seelenklempner einer jungen Dame geworden.

Lara sitzt oft bei mir, manchmal nach der Arbeit, manchmal am Wochenende, aber manchmal auch nachts, wenn schwere Gedanken sie um den Schlaf bringen.

Ich bin ihre Gesellschaft. Ich bin ihr klangvoller Zuhörer, wenn in ihr vieles vor sich geht. Ich bin das Gegenstück, wenn sie mit Worten nicht mehr weiter weiß. Ich pflege immer zu sagen „Töne sagen mehr als Worte", und Lara stimmt mir wortlos zu in unserer getrauten Zweisamkeit.

Laras Finger verraten mir wie es ihr geht. Sie liegen manchmal schwach, unkontrolliert und antriebslos auf meinen weißen Elfenbeintasten. Ihr Spiegelbild in meinem glanz-polierten Holz zeigen müde Augen. Da spielt sie ruhige Stücke, welche die von vergangenen Tagen, alten Erinnerungen und Abschied erzählen.

Ich kann nicht lesen. Die Worte, die auf den Notenblättern geschrieben stehen, bedeuten mir nichts. Wie langsam und vorsichtig Lara meine Tasten berührt, zeigt mir mehr. Sie spielt sanft, bemüht und nachdenklich.

Das ist nicht immer so, manchmal spielt eine andere Lara mein Tasten. Vor allem, wenn sie nach Hause kommt. Euphorie geladen und voller Energie springen ihre Finger herum. Da fischt sie Notenblätter mit heiteren, lieblichen und rhythmischen Liedern hervor. Ihre Stimme darf dabei nicht fehlen, da musizieren wir gemeinsam mit ausgelassener Laune.

Ich glaube, ich bin eine Art Mitbewohner von Lara. Manchmal sitzt sich bei mir. Sie setzt sich auf den Hocker, legt beide Hände auf mein kühles Holz und blickt aus dem Fenster. Sie sagt dann kein Wort, aber schweigt auch nicht. Sie weiß, sie muss nur den Deckel hochklappen und wir können uns bis tief in die Nacht unterhalten.

<u>Mila</u>

Ruhig, ausgeglichen, ist die Natur rings herum wie an jedem Tag in der Vormittagssonne. Die alten Pfosten haben sich in der Wildnis gut eingefunden, obwohl sie vor Jahrzehnten von Menschenhand in die Erde gerammt und verschraubt wurden.

Da stehen wir eine kleine Ewigkeit und stehen standhaft wie Bäume in dem saftigen Gras. Wir, alten Pfosten leben mit den Jahreszeiten, Tag ein und Tag aus, wie die Natur herum.

Grau sind wir geworden, das saftige Braun des Holzes verblichen durch die Jahre. Wir sind rau geworden, Holzfasern stehen struppig vom Gebinde weg. Wenn Mila mit dem Finger darüber streicht, muss sie aufpassen in der Haut keinen Splitter zu haben.

Das macht sie oft: umklammert mit beiden Händen unsere massiven Stämme, als gäben wir ihr Halt; oder prüfe wie fest wir noch in der Erde stehen;

Manchmal zieht sie auch an der Kette der rostigen Schaukel, auch ob sie noch von den rostbraunen Nägeln gehalten wird. Dann hebt Mila vom Boden einen brüchigen Zweig hoch und entfernt die Spinnennetze unserer lieben Mitbewohnerinnen. Diese sind nicht begeistert von ihrer Tat, da sie Tag für Tag spinnen und Lücken ihrer Netze reparieren.

Vielleicht haben sie nicht den besten Platz, um ihr schönes Spinnennetz zu spannen. Aber sie sind unsere einzige Gesellschaft, wenn Mila fehlt.

Mila setzt sich auf die Schaukel, der Gummi ist bereits rissig und verleiht der Oberfläche ein einzigartiges Muster. Die Kette knarrt und quietscht vertraut bei jedem Schwung. Die Metallhaken jammern jedes Mal, sie brauchen dringend eine neue Ölung. Wir denken, einzig für die beiden ist es wenig Freude, wenn Mila wieder da ist.

Sie sitzt hier stundenlang, schwingt vor und zurück. Lässt die Füße baumeln und hält sich mit der linken Hand an der Kette fest. Oft passiert es Mila, dass sie tiefe Furchen und Rostflecken an den Händen hat, wenn sie wieder nach Hause geht. Die Kette ist von Wind, Regen, Schnee sehr mitgenommen.

Doch all das stört Mila nicht, sie lässt die Seele baumeln, wenn sie bei uns ist. Wir denken, dass sie zu uns kommt, wenn sie genug hat vom Rest der Welt. Dass sie nur hier bei uns sie selbst sein kann.

Sie teilt alles mit uns: ihr Lachen, das durch die Baumkronen schallt; ihre Tränen, die auf ihre Jacke tropfen; ihre langen Gedanken, die weite Kreise ziehen;

Mila ist manchmal ganz still bei uns und lässt das Tageslicht, die Geräusche der Natur auf sich wirken. Wir glauben, dass sie dann nicht wirklich hier ist. Wir spüren, dass sie Sorgen quälen, oder ein böses Wort, das sie nicht vergessen kann.

Aber die meiste Zeit lacht Mila. Wenn jemand sie so sieht, möchte man meinen, sie ist eine die immer lacht. Sie teilt es gern – nicht zur Unterhaltung, sondern als Freude am Leben. Diese Momente lieben wir, sie ist dann ganz bei uns und das Schönste ist, die Sonne lacht auch mit. Als wirken sie zueinander wie Magneten.

Heute öfter, als früher raucht sie auch bei uns. Früher hatte sie sich ständig umgeblickt, war unsicher, während sie Gras rauchte. Wir vermuten, sie hatte Angst davor, dass jemand sie erwischt und ihr einbläuen wolle, wie schlecht es nicht war, obwohl sie es selbst doch am besten wusste.

Danach schaukelt sie mit immer mehr Schwung immer höher. Wir denken dabei, sie wolle uns aus der Erde heben. Sie ist ja doch ein Freigeist – mit den Gedanken meistens im fernen Süden, auf den höchsten Bergen oder im Wolkenreich.

Ihr Kopf kennt keine Grenzen, einzig was sie zügelt sind die physikalischen Gesetze der Natur. Wie, Menschen können nicht fliegen, auf Wolken kann man nicht sitzen oder der Schwerkraft zu verdankend kann nichts schweben. Wir sind uns sicher, hätte Mila Flügel würde sie abheben und in-80-Flügelschlägen-die-Welt-erkunden.

Vielleicht ist das ein Grund, warum uns Mila bereits über fünfzehn Jahre besucht und sie sich jedes Mal schweren Herzens wieder trennt.

Sie blickt sehnsüchtig zum Himmel hinauf. Ja vielleicht würde sie gern mit den Vögeln mitfliegen.

Über die Jahre haben wir sie viel beobachtet. Haben Windböen, Unwetter und Schneefälle mit ihr gemeinsam erlebt. Wir haben geächzt, geknarrt, gequietscht und Mila hat gelacht. Wir haben sie zu lieben gelernt.

Wir werden sie halten und werden weiter für eine kleine Ewigkeit standhaft sein, solange Mila die Ketten bewegt.

Je bunter Dein
Selbst, je bunter die
Menschen

4) Spüren

Sie haben nun ein Gefühl dafür bekommen, wie Mila und Lara sich verhalten, wenn sie alleine sind. Haben erfahren wie Laras Klavier und Milas Schaukel diese Frauen kennen. Wie sie sich die Welt erklären und was sie antreibt. Nun begleiten wir die beiden an einem normalen Wochentag. Mal sehen wie sie sich verhalten, wenn sie unter vielen Menschen sind. Ich würde mit Ihnen gerne in die Stadt. Ich hoffe Sie fahren gerne mit der Bahn.

Mila

Ein ganz normaler Tag. Ein Ruck und die Straßenbahn setzt sich in Bewegung. Allbekanntes Rauschen der Räder über den Schienen und vorbeiziehendes Stadtleben. Die Sonne blitzt zwischen Häuserecken, Ästen und Wolken auf die engbeieinander stehenden Fahrgäste.

Mit wachen Augen blinzle ich dem Sonnenlicht entgegen, während Schulter an Schulter, Rücken an Rücken alle Menschen im Fahrrhythmus schwanken. Eine Frau mit ihrem kleinen Jungen hält sich neben mir an den gelb markierten Halterungen fest. Der Junge umklammert ihr Bein.

Ehrfürchtig streckt er den Kopf hoch zu allen Großgewachsenen, die ihn um Vieles überragen.

„Eines Tages werde ich auch einmal so groß sein. Viel größer als Mama." illusioniere ich seine Gedanken, ein wenig an mich selbst erinnernd. Ich lächle. Als ich genau in diesem Alter war, konnte ich es kaum erwarten, endlich größer zu sein. Diese Riesen sollen mich nicht mehr übersehen.

Die Bahn hält an, zwei Frauen und ein Mann steigen ein. Die Hand am rechten Ohr hält der Mann sein Smartphone und hebt energisch seine Stimme. Während er sich durch die Fahrgäste schlängelt, muss er aufpassen nicht die Menschen anzubrüllen. Einen Stehplatz an der Wand gefunden, lehnt er sich an und mustert nicht weiter seine Mitfahrenden.

Die ältere Dame, die miteingestiegen ist, hat sich einen Sitzplatz ergattert. Steif blickt sie aus dem Fenster – vermeidet jeglichen Augenkontakt.

Ich muss lächeln. So viel Vertrautes. Wir sind doch wie offene Bücher, nur wollen keine Seite preisgeben.

Die zweite Frau hat neben dem Herrn mit dem Telefongespräch einen Platz gefunden. Genervt dreht sie sich weg, als dieser erneut das Wort erhebt. Ermüdeten Blickes starrt sie aus dem Fenster, bedacht andere nicht genau zu mustern. Sie hat meinen Blick gefangen, ich kann nicht anders. Ich beobachte sie.

Gestalt und Form ihrer Person sind groß, schlank und hager. Sie ist vielleicht so alt wie ich. Kleidung, Frisur und Schmuck sind weder schal noch protzig. Angenehme Brauntöne kleiden sie, nicht zu leblos oder zu kräftig.

Mich fasziniert ihre Haltung, ihre Art zu stehen, ihre Schultern, ihre Hand und deren Finger, die sie um die Halterung schlingen. Die Druckstellen der Knöchel erbleichen von dem festen Griff. Die Frau schwankt nicht in den Unebenheiten der Schienen, ihre Schultern sind straff hochgezogen und die Beine fest verwurzelt am Boden.

Die Fahrt geht weiter, Menschen steigen ein, Menschen steigen aus. Kurzen Blickes reagiert die Frau auf Neuzugestiegene, welche ihren Platz im Zug suchen. Sie macht sich dünn, noch dünner als ohnehin. Sie lässt Fahrgäste vorbei. Ein fülliger Herr stellt sich neben sie. Hält sich neben ihr fest und schwankt als die Bahn vorwärts rollt. Sie zieht ihren Fuß zurück, macht Platz und positioniert sich neu. Sie hebt den Kopf, mustert ihre Stehnachbarn und alle Sitzenden. Ihr Blick wandert weiter, zu der Frau neben mir und dem Jungen. Ein Schmunzeln haucht über ihre Lippen. Sie verharrt an dem kindlichen Gesicht. Verträumt mustert sie den Jungen. Ob dieser merkt, dass er beobachtet wird?

Was denkt sie? Kind sein? Mutter sein? Vergangenheit? Zukunft?

Zu gern hätte ich ihre Gedanken gelesen. Dann treffen sich unsere Blicke.

<u>Lara</u>

Die Straßenbahn ist vollgestopft. Immer um diese Zeit ist es nicht auszuhalten.

Die Gedankenblase platzt in meinem Kopf. Der Mann neben mir macht sich breitbeinig Platz. Natürlich. Ich habe es ihm leicht gemacht, bin ja auf die Seite gegangen. Er muffelt etwas – ich ziehe die Nase hoch. Trotzdem hat er ein Recht, wie alle, mit den Verkehrsmitteln der Stadt zu fahren.

Ich schaue aus dem Fenster, ziemlich viele Wolken am Himmel. Heute früh hat die Nachrichten-Reporterin gemeint, am Vormittag ist es bewölkt und nachmittags klart es auf. Jetzt ist es Fünf Uhr am Nachmittag und die Wetterlage hat sich nicht verändert. Diese unverlässlichen Vorhersagen.

Nur mehr zwei Stationen, dann habe ich die beengte Fahrt überstanden. Endlich wieder frische Luft.

Bevor ich aussteige, schaue ich mich noch kurz um. Weiter rechts von mir stehen eine Mutter und ihr kleiner Sohn. Ebenfalls aneinandergeschmiegt. Mich interessieren die Frauen und Männer in der Bahn nur bedingt, aber Kinder ziehen mich in ihren Bann. Oder ich sie. Bei Freunden- oder Familientreffen bin ich umzingelt von einer Kinderschar. Dann lachen, spielen und reden wir, bis alle müde sind.

Dieser schüchterne Junge hält sich zur Sicherheit am Bein seiner Mama fest. Er hat unsicher den Kopf nach oben gereckt. Fragend wer all die Menschen um ihn sind. Ich schmunzle, er ist noch zu jung, um die Gesamtheit seiner Mitmenschen fassen zu können. Doch er hat ein wunderbares Geschenk: Seine ganze Zukunft vor der Nase.

Ich beobachte die Mutter genauer. Die Eltern sind bekanntlich die Wegweiser ihrer Kleinen. Sie sieht jung, gepflegt und ordentlich aus. Sie hat ihr Smartphone in der Hand, sie tippt eifrig und hält sich mit der freien Hand am Griff fest. Sie achtet kaum auf ihn.

Ob sie bemerkt, wie unwohl sich der Kleine fühlt? Mit unsicheren Augen sieht er von Person zu Person, von Ecke zu Ecke und von Fenster zu Fenster. Vielleicht würde er lieber zu Fuß gehen.

Mein Blick wandert weiter, weg von Mutter und Kind. Ich bemerke die junge Frau neben den beiden. Sie ist vielleicht gleich alt, wie ich. Ihre Körperhaltung stimmt mit ihrem Kleidungsstil überein. Lässig und locker. Mit einem Arm umschlingt sie die gelbe Haltestange und die andere Hand steckt in der Jackentasche. Sie beobachtet die Fahrgäste, auch mich. Jeder, der ihren Blick begegnet hat kurz oder lang Augenkontakt mit ihr.

Ich fühle mich beobachtet. Ich mag es nicht in der Straßenbahn ausgeforscht zu werden.

Doch irgendetwas besitzt diese Frau. Eine Ausstrahlung, die neugierig macht. Ihr fällt jeder auf und sie fällt jedem auf. Jeder Mensch wird wahrgenommen und angesehen.

Es ruckelt, die Schienen werden uneben, gleich kommt meine Haltestelle. Eine letzte enge Kurve, wo Fahrgast an Fahrgast aneinanderstößt. Ich drücke den Halteknopf und zwänge mich zur Tür.

Aufmunternd blinzle ich dem kleinen Jungen zu. Soll er eine schöne Zukunft haben.

Ich blicke zu der Frau, die lässig angelehnt zu mir blickt. Unsere Augen treffen sich. Ein wacher heller Blick begegnet mir.

Die Tür schnappt auf und ich setze meine Beine in Bewegung. Ich atme sie ein, die frische kühle Abendluft.

24

Wann wird aus

Selbstzweifel

Selbstwert?

6) Vergleichen

Ich habe Sie nun mitgenommen in eine Bar. Ich hoffe es stört Sie nicht, falls Sie schon länger nicht mehr aus waren oder diese Lokalitäten meiden. Hier treffen wir die beiden in Wochenendstimmung und Feierlaune. Mila und Lara haben verschiedene Pläne für heute Abend. Mal sehen, was der Abend bringt.

<u>Mila</u>

Heiße Luft in meinen Lungen. Warme Körper schmiegen sich an mich und mein T-Shirt klebt feucht an meiner Haut. Ich spüre das Vibrieren des Basses in meiner Brust. Rieche die anderen Party-People um mich, sehe die Neonlichter im Rhythmus flackern und schmecke den herben Geschmack meiner Zigarette.

Die Füße tappen, stampfen, tänzeln und wippen im Takt der Musik. Der ganze Club und seine Besucher sind in Stimmung Heute unvergesslich zu machen.

Es ist ein wenig abgespaced. Die Dekoration erinnert an ein Stoner Rock Festival der späten 60er Jahre, die Musik chaotisch gemixt mit alten Songs und neuen Beats und die Menschen sind die neue

Generation des 21. Jahrhunderts. Es ist eine komische Mischung, aber sie passt.

Irgendwie weiß ich, dass ich beobachtet werde. Außerhalb der Tanzmeute haben sich Männer gierigen Blickes neben gesellige Frauen an die Bar gelehnt. Sie beobachten, mustern und bewerten den tanzenden Menschenkern.

Ich kann nicht sagen von welcher Richtung aus das Augenpaar mich anstarrt. Es ist mir auch nicht wichtig. Ich bin hier, weil ich tanzen will, weil ich lachen will, weil ich mich spüren will. Ich lache ohnehin den ganzen Abend. Es ist selten der Fall, dass ich emotionslos an der Bar stehe.

Ah und dann habe ich diesen Jemand entdeckt, an der Bar lehnend folgt er meinen Bewegungen.

Es ist immer dasselbe. Menschliche Jäger auf der Suche nach Beute. Ob Frau, ob Mann, ob jung oder alt.

Dank meiner Erfahrung, kann ich aussortieren. Zumindest, wenn man hofft, den Märchenprinzen zu finden.

Aber genug geurteilt. Heute möchte ich tanzen, lachen und lieben.

Unsere Augen treffen sich, ein vielsagendes Lächeln umspielt seine Lippen. Will er mir

Gesellschaft leisten? Soll er doch her kommen und Hallo sagen. Kein Grund schüchtern zu sein.

<u>Lara</u>

Ich beobachte. Ich genieße es, am Rande des Geschehens zu sein. Sie lächelt ihn an, ein Hauch von Begierde und ein Hauch von Gleichgültigkeit. Sie weiß was sie will. Das war mir klar, als ich diese Frau auf der Tanzfläche erblickt hatte. Ich beobachte sie schon eine Weile mit gemischten Gefühlen.

Ziemlich waghalsig, sich dieser Fleischeslust zu präsentieren, aber auch mutig von ihr diesen Blicken standzuhalten. Ich wäre bei dem leisesten Gefühl, mit Blicken ausgezogen zu werden, von der Tanzfläche verschwunden.

Aber ich bin anders. Ich bin diejenige, die mit Wein in der Hand an der Bar sitzt. Der Musik zuhört und den Leuten beim Feiern zusieht.

Die Frau auf der Tanzfläche hat mich in ihren Bann gezogen, vermutlich auch wie viele Männer. Mit begehrten Blicken folgen einige ihren Bewegungen.

Als Frau ist man sowieso eine Beute im nächtlichen Club-Leben. Auch ich bin keine Ausnahme dieser Tatsache. Bereits über einer Stunde spüre ich Augen auf mir. Sie haften an mir. Spüre sie hautnah, wie die heiße Luft im Club. Ich weiß, wem diese Augen gehören. Dieser Jemand ist ein Gegenstück zu mir. Niemand, der an der Bar lehnt und die Zeit mit Mustern verbringt. Nein, dieser tänzelt im Club aktiv herum und bahnt sich immer wieder seine Wege durch die wippende Menge. Das viele Lächeln, der intensive Augenkontakt, die Berührungen aller Menschen – er scheint es zu genießen. Er hat sich sein Umfeld gut geschaffen. Mit Lächeln und Handbewegungen will er mich einladen, ihm Gesellschaft zu leisten.

Hastig schaue ich weg. Scham überkommt mich, neugierig geworden zu sein. Fühle mich hingezogen.

Aber das gehört sich nicht. Nicht für mich. Nicht für eine Frau. Soll doch er den ersten Schritt in meine Richtung machen.

Etwas später, weiter weg von dröhnender Musik und tanzenden Menschen.

Die Tür schwingt auf. Mir schlägt die konzentrierte Luft von Seife, Uringeruch und

Zigarettenrauch entgegen. Ich muss mich in der Schlange anstellen, die wieder meterlang bis zur ersten Toilettentür reicht.

Ich hätte mich doch früher in Bewegung setzen sollen. Das drängende Gefühl meines Unterleibs kann ungemütlich werden.

Endlich! Die nächste Toilettentür geht auf und alle Frauen bewegen sich Millimeter klein ein Stück weiter. Die Frauen vor mir warten bestimmt auch schon eine kleine Ewigkeit. Manche lehnen an der Wand, andere nippen ungeduldig an ihrem Becher und wenige, wie ich, beobachten drängend das Öffnen der Toilettentüren.

Tür entsperrt, Frau kommt raus, Frau geht rein, verriegelt die Tür – eine Kettenreaktion ohne Ende.

Jetzt bin ich an der Reihe, ich warte fiebrig, dass sich die nächste Türe öffnet. Da passiert es endlich. Das vertraute Geräusch der Spülung, die Entriegelung der Tür und aus der Kabine kommt die Frau, die ich jeher beobachtet habe.

Ungestüm und schwunghaft tritt sie heraus, die Tasche unter dem Arm geklemmt und unsere Blicke begegnen sich. In der Nähe hat sie ozeanblaue Augen, blauschillerndes schwarzes Haar im Licht der Neonlampen. Sie trägt kein Make-up, nur ihre

Wangen und Lippen glänzen rot. Ihr Mund ist leicht geöffnet zu einem Lächeln.

Sie will an mir vorbeirauschen, da passiert es. Ihre Tasche rutscht vom Arm herab und landet mit einem Klatschen am Boden. Ungünstig fällt die Öffnung auf die Seite und es rollt der Inhalt heraus. Geschickt verteilt er sich auf dem weißen Kachelboden. Fertig ist ein Durcheinander.

<Oh Scheiße!> äußert sie sich und beugt sich über ihr Missgeschick.

Wie von Geisterhand geführt bücke ich mich. Ich will ihr helfen ihr Zeug wieder schnell in die Tasche zu stopfen. Wahrscheinlich mit mehr Unordnung als vorher.

Ohne mein Mitleid auszudrücken, greife ich ein Objekt nach dem anderen und lege es in ihre Tasche.

Taschentücher, Ring, Zigaretten, Feuerzeug – hastig greifen meine Finger danach und räumen es für fremde Augen wieder versteckt in die Tasche. Sie greift demnach nach anderen Lieblingsstücken und bedankt sich viel zu oft.

<Ist kein Problem. Jedem passiert das mal und man ist froh, wenn alles schnell wieder in der Tasche ist.> Mir war es nicht unangenehm ihr dabei

zu helfen, im Gegenteil, mich hatte es stumm begeistert zu wissen was sie in ihrer Tasche trägt.

Nur ein Gegenstand wird von mir absichtlich übersehen. Eine Packung Kondome liegt zwischen meinen Schuhen auf dem bereits klebrig, verschmierten Boden.

Unangenehm berührt und wissend über ihre heutigen Absichten, berühre ich die Gummis nicht.

Sie packt den Riemen ihrer Tasche, für sie ist alles eingeräumt. Sie hat die Packung sichtlich übersehen.

Zaghaft greife ich die Packung an, als ihre Finger meine ebenfalls berühren. Wir wollten sie zugleich aufheben.

Ich sehe sie mit erwartungsvollen Augen an, peinlich berührt, dass ich die Packung sexueller Anspielungen entdeckt habe.

Da beginnt sie zu lachen, ein freies Lachen.

<Kannst dir gerne welche nehmen. Ich hab mehr als genug und teile gern.>

Ein Kichern erklingt aus der Reihe hinter mir. Fünf Frauen beobachten die Szene und können sich ihre Emotionen nicht verkneifen.

Vor den Kopf gestoßen und nichtwissend einer Antwort erwidere ich nichts. Meine Finger lassen ab von der Packung und ich stehe wieder auf.

Nach kurzer Pause meint die Frau:

<Danke für deine Hilfe nochmal. He ich zahl dir später etwas zu trinken, ok!?>

Ich nicke und verschwinde, realisierend des Drängens meiner Blase am Klo.

Während ich mich entspanne, denke ich über gerade eben nach.

Wahnsinn, ich bin ein wenig fassungslos. Wie kann es ihr nicht peinlich sein? Sie hat mir ihre Kondome mit einer Selbstverständlichkeit angeboten, wie ich Taschentücher anbiete.

Spannend, dass ihr es so leicht fiel, darüber zu reden. Mir war es unangenehm.

Erleichtert verlasse ich die Toiletten, noch mit gewaschenen feuchten Händen. Wie so oft gibt es keine Papiertücher mehr. Ich gehe wieder in den hitzig gefüllten, bassdröhnenden Club hinein.

Eine Hand hält mir das kühle, helle Getränk an den Arm. Ich nehm es dankend an und schaue in das strahlende Gesicht der jungen Frau.

<Ich wollt mich echt nochmal bedanken. Passiert mir leider viel zu oft. Ich sollte vielleicht meine Taktik ändern> meint sie lachend. <Wie heißt du?>

<Ich heiße Lara und du?>

<Ich bin Mila, hallo!> sie reicht mir ihre Hand.

Wir nippen beide an unserem Getränk. Die Flüssigkeit ist brennende Kälte für Gaumen und Rachen. Aber sie ist kühl, dafür bin ich dankbar.

Minuten vergehen, die Musik dröhnt in meinen Ohren, bis ich mir endlich einen Ruck gebe. Fast schreiend beuge ich mich zu ihr.

<Hast du eh alles wieder? Also nichts verloren, wie dir die Tasche runtergefallen ist.>

<Hm, nein ich denke ich hab alles wieder, dank deiner Hilfe. Scheiße wäre nur, wenn die Kondome verschwunden wären.> meint Mila grinsend.

Ich erwidere nichts. Das Thema ist mir immer noch unangenehm.

<He was los? Noch nie Kondome gesehen?>

<Doch, nur ich rede nicht gern über so etwas.>

<Meinst du Sex?>

<Ja…> nachdenklich schaue ich den tanzenden Menschen zu. Etwas später frage ich Mila.

<Ist´s dir nicht peinlich?>

<Nein, wieso? Ist doch das Natürlichste der Welt.>

<Naja, aber man spricht nicht darüber.> meinte ich, während ich die Eiswürfel in meinem Becher verrühre.

<Oh ok, naja Nevermind. Vielleicht ändert sich das noch.> meint Mila aufmunternd.

Dann verabschiedet sie sich.

<Ich geh jetzt wieder, danke nochmals und wünsch dir noch einen wunderschönen Abend.> sagt sie mit einem Lächeln.

Mila leert ihr Glas, stellt es auf die Bar und verschwindet mit leuchtenden Augen in der Menge. So schnell wie sie gekommen war, war sie auch verschwunden.

Der Kontrast zwischen den alten Liedern und den neuen Beats, der Frischluft und dem Zigarettengeruch und den beiden Frauen könnte nicht größer sein.

Bleiben wir noch eine Weile. Sehen Sie, Lara steht immer noch da und überlegt. Womöglich denkt sie daran, wie Milas Abend noch verlaufen wird. Doch dann lehnt sie sich an die Bar und bestellt Wein. Das Glas kommt und wird getrunken.

Lara bestellt nochmal und nochmal und nochmal. Im Laufe der Nacht entspannt sich sie.

Kurz bevor wir gehen – Sie wollen morgen doch ausgeschlafen sein – treffen wir Mila.

Sie ist umgeben von heiter lachenden Menschen und prostet mit ihnen an. Sie tanzt sich ihre Füße wund und feiert ausgelassen.

Der Abend wird für die beiden wohl noch lange dauern. Ich wette mit Ihnen, die beiden werden sich wohl kaum aneinander erinnern können.

Vom Funken zur Flamme

8) Liebe machen

Es ist frisch. Kalte Morgenluft und ich ziehe meinen Mantel enger. Ich bin früh unterwegs und hole mir meine Zeitung. Gegenüber dem Club, den Sie und ich vor Stunden verlassen haben gibt es einen Zeitungsstand. Mit steifen Fingern gebe ich dem Verkäufer Geld und nehme eine.

Da geht die Tür des Gebäudes auf der anderen Straßenseite auf. Musik schallt dumpf heraus. Raten Sie, wer mir dort gegenüber steht.

Richtig, Mila tänzelt heraus. Ich vermute, die beiden Frauen haben sich die restliche Nacht nicht mehr getroffen. Mila ist nicht allein. Ein Mann hält ihr den Arm hin und sie hackt sich ein. Dann biegen sie um die nächste Ecke.

<u>Mila</u>
Zwei Fremde. Wir durchwandeln die Straßen, stolpern im Gleichschritt über Pflastersteine und sind zwei Schatten in den Gassen.

Gefunden für heute Nacht. Gekannt für heute Nacht.

Weder Name, noch Geburtstag oder Job wissen wir voneinander. Haben keinen Steckbrief abgearbeitet, um zu wissen, dass wir gute Menschen sind.

Dann endlich Zuhause angekommen. Das Licht ist aus. Es ist so viel schöner sich zu spüren.

Die seltene Harmonie zwischen zwei Fremden. Aber sind wir uns fremd? Oder sind unsere Seelen jetzt gerade so nah, dass wir eins sind?

Zwei warme Körper berühren sich. Haut an Haut. Bein an Bein. Hand in Hand.

Wir liebkosen. Vergraben das Gesicht in den Kurven des anderen. Zerstreichen das Haar und streichen die Lippen über erregte Haut.

Seine Arme halten mich, die Muskeln spielen wie ein Wellengang unter der Haut. Seine Wärme strömt über mich wie ein feuerroter Teppich.

Jede Berührung ist ein Knistern und wird zu einem Beben in meinem Körper. Gemeinsam fühlen wir immer mehr. Gemeinsam halten wir uns länger. Gemeinsam finden wir für uns eine Erlösung.

Die Augen geschlossen, tauche ich ein in ein Farbenspiel. Die Sinne sind geschärft, die Berührungen intensiver. Auf einer Leiter der gemeinsamen Wollust klettern wir höher.

Da ist der Punkt in meinem Kopf, ein Licht. Es spricht vom Loslassen. Es meint Vertrauen zu haben. Mein Körper beginnt zu kribbeln, zu beben. Wir schnaufen und stöhnen. Wir spüren es ist gleich so weit. Und dann passiert es.

Der Höhepunkt. Die Spitze. Das Explodieren der Farben. Die wohlige Wärme im Körper. Das Gefühl der Liebe.

Oh Mann, es ist so viel schöner als ein Rausch. Ich weiß, wie ich mich selbst genießen kann. Das muss Liebe sein, denke ich mir. Wir erstarren beide zugleich in dem Gefühl.

Während Mila sich selbst genießt und einen Morgen voller Gefühle hat, erlebt Lara etwas anderes.

Sie wissen, ich war heute früh am Zeitungsstand. Ich habe dort noch länger gewartet. Wenig später ist auch Lara aus dem Club gekommen. Ebenfalls nicht allein. Betrunken stolperten sie zu zweit über die Straße. Die Hände des anderen festumschlossen. Haben sich gefunden für den Heimweg.

Wie ungewöhnlich und untypisch für Lara. Was denken Sie, wie wird ihr Morgen sein?

Lara

Er öffnet mir die Türe. Immer noch jagen mich Zweifel, ob das alles eine gute Idee ist. Wer ist er eigentlich? Wie leichtsinnig von mir mit jemand Fremden nach Hause zu gehen.

Aber egal jetzt gibt es kein Zurück mehr, jetzt lässt er mich vielleicht nicht mehr gehen. Ich wollte es ja selbst so. Anfangs. Als wie wenn ich mir etwas beweisen muss. Nur dann verlässt mich immer der Mut und alles geht viel zu schnell.

Julian ist ein netter Kerl, charmant und doch selbstbestimmt. Ich mag es, wenn er mir erzählt wie er die Welt sieht.

Ich ziehe die Schuhe aus, stelle sie nebeneinander auf den Flur. Die Jacke lege ich zusammengefaltet darauf.

Julian zeigt mir die Wohnung. Er ist Musiker, in seinem Zimmer liegen Notenblätter am Boden, die Gitarre lehnt neben der Tür und Poster berühmter Idole kleben schief an den Wänden. Für meinen Geschmack zu chaotisch.

Eine Flasche Wein wird entkorkt und in normale Gläser gefüllt. Der Boden wird frei von wichtigen Dingen. Dann setzen wir uns hin.

Geflüstert unterhalten wir uns noch über Wein und Musik. Die anderen in den Zimmern sollen wir

nicht wecken. Julian meint, es wäre nicht fair so
früh Lärm zu machen.

Find ich gut. Ich möchte niemand stören.

Langsam legt er seine Hand auf mein Bein, strei-
chelt meine Wange. Ich versuche aufrecht zu sitzen.

Julian kommt immer näher, wir sehen uns in die
Augen. Kurz – ich kann das nicht lange.

Dann küsst er mich. Seine Lippen sind kühl auf
den meinen. Ich beuge mich vor, dann ist es leichter
für ihn.

Seine Hände greifen nach meiner Hüfte, er zieht
mich ruckartig zu sich. Seine Finger tasten neugierig nach mehr. Sie ergründen meine Hüfte, meinen
Rücken, meine Haut.

Seine Küsse werden intensiver, ich füge mich
dem. Will es so machen, wie es ihm gefällt.

Der Boden ist ein wenig ungemütlich, aber das
scheint ihn nicht zu stören.

Erregt hält er mich an sich und drückt mich zu
Boden. Mein Körper gibt automatisch den Verlagen
nach.

Wie von Geisterhand geführt macht mein Körper
mit, mein Kopf checkt es schon lang nicht mehr.
Dem ist alles zu schnell. Nur Gedankenfetzen dringen durch wie *Ich mache mit, egal was passiert.*

Passt es, wie ich dich berühre? Gefällt es dir, wie ich dich küsse? Bist du glücklich? Ich bin glücklich, wenn ich es für dich richtig ist.

Und trotzdem ist da ein Gefühl von *Mach mal langsam.*

Sagen werde ich nichts, will den Moment nicht zerstören.

Ich betaste seine Haut, seine Brust, seinen Rücken. Warme erregte Luft umspannt mich. Schwerer Atem übermannt ihn. Sein Gewicht stützen seine Arme. Seine Küsse sind fordernder und seine Zunge verspielter.

Nicht mehr lange, dann berühren sich zwei nackte Körper.

Die Augen geschlossen. Sein Mund zu einem Lächeln. Er rückt ab von mir, zurück bleibt wieder diese ungefüllte Leere. Ich liege keuchend am Boden, ein kleines bisschen erregt. Julian steht auf, er richtet die Bettlaken und erschöpft legt er sich hin. Er lädt mich ein sich zu ihm zu legen. Ich schätze nach zwei Minuten ist er eingeschlafen.

Ich stehe langsam auf, sammle mein Zeug zusammen und lege es zusammengefaltet neben die

Tür. Ich krieche zu ihm ins Bett und müde lege ich mich neben ihn. Um Nachhause zu gehen ist es zu früh. Die Bahn fährt noch nicht.

Ich mache mich schmal und drücke mich an die Wand. Ich möchte nicht zu viel Platz brauchen. Es ist sein Bett und es sind seine Regeln.

Mit einem schmalen Lächeln schlafe ich ein – ich bin glücklich, wenn er es ist.

Vom Arsch zum Feigling

Vom Ego zur Demut

10) Herz öffnen und Arsch sein

Ich hoffe Sie sind spontan, ich habe eine Überraschung heute mit dabei. Stellen Sie sich vor, wir beide gehen zu einer kleinen Feier. Ich habe eine Einladung und kann auch jemanden mitbringen. Natürlich habe ich dabei sofort an Sie gedacht. Also machen Sie sich hübsch und in einer Stunde geht's los.

So endlich sind wir da und haben pünktlich das Haus gefunden. Bevor ich es vergesse, Mila und Lara sind auch eingeladen. Wir werden die beiden ganz bestimmt sehen.

Die Tür geht auf. Die Musik hämmert gegen die Wände, die Gläser klirren und Zigarettenrauch steht in der Luft. Buntes Gequatsche in der Wohnung. Heitere Menschen verteilen sich in den Räumen und unterhalten sich Kreuz und Quer.

<u>Lara</u>

Bin vor wenigen Minuten gekommen. Ich beobachte. Die Party kommt in Stimmung.

Türen gehen auf und zu. Nur eine Tür bewegt sich den ganzen Abend nicht. Julians Zimmer ist ruhig und dunkel. An der Tür klebt ein Zettel mit den Worten: *An alle Partypeople, lasst mich heute*

Nacht schlafen – muss morgen arbeiten. Wünsche euch 'nen geilen Abend.

Meine Gründe heute hier zu sein, lösen sich in Luft auf, als ich die Nachricht lese.

Ich kenne nicht Viele hier. Bin ein Gast vom Rande des Freundeskreis. Bin vor allem wegen Julian da.

Tja und jetzt muss dieser pennen und morgen früh hoch. Mit einem grimmigen Lächeln, denke ich mir *Immerhin gut schlafen wird er nicht, bei lauter Musik und Lärm in der Wohnung.*

Ich verbringe den Abend damit, immer einen vollen Becher in der Hand zu halten. Kaum merklich wippe ich zur Musik mit und checke minütlich den Nachrichtenstatus meines Handys.

Es werden Kartenspiele gespielt, Zigaretten in der Küche geraucht, verschiedene Playlists der Gäste aufgedreht und immer mehr Flaschen geleert.

Ich habe meinen Lieblingsplatz des Abends gefunden. Auf der Lehne der weichen Couch gestützt, beobachte ich das bunte Treiben. Es ist eine gute Party. Zumindest aus der Sicht der anderen. Alle lachen. Alle tauschen sich aus. Jeder hat seinen Spaß.

Auch neben mir nehmen Leute Platz. Der ein oder andere süßlich riechende Joint wird herumgereicht.

Smalltalks werden gestartet. Menschen beginnen mit mir zu reden. Stellen mir Fragen:

<Alles in Ordnung?>

<Wer bist du?>

<Gefällt dir die Feier?>

<Möchtest du noch ein Glas?>

Viele sind es nicht gewohnt, wenn ein Gast sich wenig an der Party beteiligt. Dieser nur da sitzt und seinen Becher leert.

Ich bin nicht die Königin der Nacht, das war ich noch nie. Daher auch sehr ungeübt im neue Menschen Kennenlernen.

Bevor ich die Wohnung betreten habe, war mein Ziel ausschließlich an Julian gerichtet. Wollte mit ihm feiern und eine schöne Zeit haben.

Jetzt habe ich andere Pläne. Ich will trinken. Will mich ablenken. Will nicht mehr wissen, dass Julian dort drüben schläft.

Glas voll, Glas leer. Glas voll. Glas leer. Meine Zunge lockert sich. Meine Haltung wird lässiger und ich lache über Witze, bei denen ich normal nicht hinhöre. Ich werde geselliger, denn mehr Menschen finden einen Platz neben mir. Immer wieder sinke ich zur Seite, wenn jemand Neues sich auf die gepolsterte Couch setzt.

Lerne alle Bewohner der Wohnung kennen, dessen Freunde, erfahre welche Songs spielen und wie viel Bier noch eingekühlt ist.

Die Zeiger drehen sich im Kreis, die Zeit vergeht immer schneller. Ich vergesse auf mein Handy zu sehen, die fremden SMS und die Uhrzeit sind nicht länger wichtig.

Unterhalte mich eine kleine Ewigkeit mit Jemanden. Er ist lustig, aber raucht viel zu viel. Ganz stolz erzählt er von seinem eigenen Tabak. Er ist Botaniker.

Er holt immer wieder Bier, wenn wir beide leer sind. Er ist eine nette Gesellschaft und ich entspann mich. Langsam hab ich das Gefühl, dazu zu gehören und nicht mehr die Fremde auf der Couch zu sein.

Er fragt mich viel und hört mir zu was ich sage. Mich wundert es selbst, dass ich so viel zu erzählen habe.

Von Abend wird Mitternacht. Von Mitternacht wird späte Nacht. Und von später Nacht wird früher Morgen.

Nach und nach brechen immer mehr Gäste auf, schnappen Jacken, Schuhe und Taschen und machen sich am Heimweg. Auch der Botaniker verabschiedet sich, von dem ich leider nicht mehr den Namen wusste.

Etwas später erhebe ich mich wankend von der Couch, will nun auch nach Hause. Gehe ins Bad und schaue mein drehendes Spiegelbild an. Eine Lara mit fernen Augen schaut mich an.

Am Weg aus dem Bad in den Flur taumle ich an Julians Zimmer vorbei.

Bleibe stehen.

Eigentlich habe ich ihm viel zu sagen. Und das kann nicht länger warten. Wer weiß, wann wieder dieser perfekte Moment ist.

Ich greife die Türklinge und mit einer flinken Bewegung bin ich im dunklen Zimmer verschwunden.

Meine Augen müssen sich an die Schatten im Dämmerlicht gewöhnen. Die Möbel werfen graue Silhouetten.

Ruhig ist das Zimmer in Schlaf gehüllt. Augenblicklich merke ich wie todmüde ich bin. Ich denke daran, wie herrlich weich seine Matratze ist.

Julian liegt eingehüllt in Decke und Polster vor mir, nicht wissend dass ich da bin. Nicht wissend, wie mutig ich jetzt bin.

<Heeey, ich will echt nicht schtören. Aber isch muss dir was sagen.> flüstere ich einfühlsam, während ich mich an die Bettkante setze und die Hand auf seine Schulter lege. Er atmet tief, dann bewegt er sich mit einem kehligen Stöhnen.

<Isch hab´s echt scheiße gefunden, dass du heute nischt mitgefeiert hascht. Bin nur wegen dir gekommen.

Weißt du, isch fühl mich einfach bisschen versetzt. Du hättest mir was sagen können, dass du keine Zeit hascht. Aber es ischt dir nicht wichtig gewesen.

Weischt du, ich hab dich echt gern und dann mascht du so was. Ich will jetzt endlich mal wissen wie wichtig ich dir bin...>

Boah, he stark. Ich hab endlich gesagt, was ich schon so lange sagen wollte. Und freundlich auch. Innerlich klopf ich mir stolz auf die Schulter. Muss mich jedoch an der Bettkante festhalten, um nicht umzukippen.

Keine Antwort. Nur das Drehen seines Kopfs in meine Richtung.

<Julian, hascht du mir zugehört. Ich will wissen, was du an mir magst…>

<Hmm… Hach… Lara… Du bist's. Du bist betrunken. Und es ist mega früh. Ich muss dann arbeiten.> brummt Julian halb in sein Kissen.

<Ja das ischt mir jetzt egal. Ich bin jetzt da.>

<Mhmm…>

<Also Julian, was isch jetzt mit uns?>

<Ja bist 'ne gute Freundin und Sorry, dass ich mich nicht gemeldet habe.>

<Is' eh ok, nur hab dich echt vermisscht heut. Nur war halt scheiße von dir.>

<He ich will jetzt echt weiterpennen. Reden wir morgen, ok!?>

<He echt nicht. Isch will die Sache jetzt bereinigen. Morgen ist vieles anders.>

Glaubt er, ich lasse mich jetzt abwimmeln. Jetzt wo ich so lange geblieben bin. Ich will doch nur eine Antwort, es ist ganz einfach.

<Also Julian, ich will eine Antwort.>

<Hallo…>

<Pennst du schon wieder?>

<Ja gut, wenn du nischts mehr sagst, dann geh ich jetzt.>

Meine Hand bewegt seine Schulter, keine Regung. Nur tiefes ruhiges Atmen.

<Ok gut, dann geh ich jetzt und komm nicht mehr.>

<Mach´s gut.> sag ich mit dem giftigsten Unterton, den mein Ich kennt.

Ich stehe auf, mit erhobener Brust gehe ich den Weg zurück zur Tür. Mit einem Ruck ist sie offen und ich mit wenigen Schritten bei der Eingangstür. Drehend im Kopf und wankend auf den Füßen ziehe ich Schuhe und Jacke an und verlasse die Wohnung.

Am Weg nach draußen, merke ich wie Engel und Teufel auf meinen Schultern sitzen:

Dem hab Ich´s gezeigt – Julian kann ab sofort scheißen gehen.

Er hat´s nicht anders verdient – ich war ihm eh nie wichtig.

Ich bin zu frech gewesen – habe zu viel getrunken heute Abend.

Er muss morgen arbeiten, verdammt vielleicht war ich ungerecht.

Als das große Eingangstor ins Schloss fällt und meine Lunge die kalte Morgenluft einsaugt, weiß ich nur eines: Zwischen Arsch und Feigling gibt es einen riesen Graubereich.

Lara verlässt die Wohnung. Nach ihrem Gesicht zu urteilen schätze ich, sie hätte sich den Start in den Tag anders vorgestellt. Eine Mischung aus Wut, Trotz, Trauer und Scharm. Was meinen Sie, wird sie stolz auf sich sein oder Gewissensbisse haben?
Kommen Sie, sehen wir nach wie es Mila geht. Sie schläft bei Jonas, einem Wohnungskollegen von Julian. Ob sie schon wach ist?

Mila

Er öffnet das Fenster, die frische Morgenluft strömt erbarmungslos in das kleine Zimmer. Ich öffne die Augen. Alles dreht sich.
<Verdammt, ich hätte doch den Rum nicht mehr anrühren sollen.> gebe ich stöhnend preis. Mein Kopf sinkt zurück auf das harte Kissen der

Couch. Bin doch früher schlafen gegangen, damit ich nicht den ganzen Tag verpasse.

Jonas lehnt an der Fensterbank und steckt sich eine Zigarette in den Mund. Er schmunzelt. Es amüsiert ihn, mich kaputt auf der Couch liegen zu sehen. Es ist meistens so, wenn wir gemeinsam gefeiert haben.

Nach körperlichem und emotionalem Vorbereiten bewege ich endlich Arme, Beine und Kopf. Schwerfällig erhebe ich mich von meinem Schlafplatz und gehe zum Fenster. Leicht fröstelnd leiste ich Jonas Gesellschaft. Nach frischem Sauerstoff dürstend saugen meine Lungen die morgendliche Stadtluft ein.

Der Tag beginnt. Unter uns düsen geschäftige Menschen in der von Wohnblocks gesäumten Straße. Geräusche eines frühen Dienstags schallen bis in den dritten Stock hinauf. Ein Arbeitstag vollgestopft mit Hupen, Klingeln, Stimmen und Rascheln.

Die Eingangstür unter uns fällt ins Schloss und eine Frau biegt nach rechts in die nächste Seitenstraße ein. Ihr energischer Gang sagt mir, sie ärgert sich. *Hm, wohl kein guter Morgen für sie.*

Aber hier oben ist es ruhig, sehr ruhig. Die anderen pennen noch. Der ins Bett mitgezerrte Rausch muss erst ausgeschlafen werden, ob allein oder in betrunkener Zweisamkeit.

Wir sind schon wach. Noch ein Schatten unserer Selbst, aber wach.

<War eine verrückte Nacht.> beginne ich, meine Erinnerungen zu sammeln.

<Ja war echt ´ne geile Party – waren mächtig viele Menschen da.>

<Oja, dachte eure Küche wird gleich platzen mit über zwanzig Leuten darin.>

<Haha ich will das Chaos erst gar nicht sehen… oder den harten Kern an Feierwütigen, die mit der Flasche in der Hand im Wohnzimmer eingepennt sind.>

Wahre Worte. Es sieht wahrscheinlich furchtbar aus außerhalb dieser Tür.

Aber das Zimmer ist sichere Zone. Ein kleiner Raum für zwei Bekannte. Obwohl sind wir das? Bekannte. Ich hoffe es. Auch wenn letzte Nacht und paar Nächte zuvor anderes erzählen. Ich hoffe, dass Jonas weder Fragen stellt noch Antworten will.

<Weißt du, gestern Nacht war schon ein wenig crazy... Hatten mächtig viel Spaß und trotzdem war es für mich mehr als nur Spaß.

Ich will jetzt mal wissen, wohin das gehen soll. Ich habe dir gesagt, dass ich dir Zeit gebe darüber nachzudenken. Aber langsam hätte ich gerne eine Antwort von dir.>

Mit diesen Worten zieht er mich zu sich heran und legt die Arme um meine Hüfte, seine Augen erforschen die meinen. Sein Zigarettengeruch umhüllt meine Nase.

Ich wende mich aus seinen Armen, greife seine Hände und lege sie ihm auf die Brust. Ich muss Distanz gewinnen. So ist es besser für mich. Mit Abstand geht es immer leichter.

<Willst du im Ernst jetzt darüber reden?>

<Ja, Mila ich will heute reden, woher weiß wann du wieder einmal bei mir bist.>

<Weißt du, es nervt mich schon, dass du wieder eine Antwort von mir verlangst.>

<Wir sind uns nicht fremd, weder ist das gestern zum ersten Mal passiert. Ich will wissen, warum!>

<Meinst du den Kuss?>

<Ja. Du weißt, ich will nur dich.>

<Ich hab nur keine Antwort für dich.>

<Und was war das gestern Nacht? Hast du da auch nicht darüber nachgedacht?>

<Oh Himmel, gestern Nacht! Ich war so betrunken...>

Ich muss verrückt lachen, da nur noch ein verschwommener Schleier über die Nacht hängt. Oder zumindest versuche ich es mir einzureden, kaum noch etwas zu wissen.

Doch sein Lachen bleibt aus.

<Also hast du gestern überlegt?>

<Jonas, ich gestehe es dir ehrlich: Ich weiß nicht mehr viel von gestern Nacht. Und alles was ich dir jetzt sagen kann...>

<Weißt du was du gestern gesagt hast: Dass du gern davon läufst, dass du ein Profi bist indem sich einzureden, dass der andere es nicht schaffen kann dich zu halten.

Und du hast mir geraten, dass du heute genauso reagieren wirst, nichts mehr zu wissen und ich nicht locker lassen soll.>

Bamm, Volltreffer. Ich kenn mich anscheinend ziemlich gut und habe ihm das betrunken gestanden. Denn alles was mich wirklich daran hindert nicht einfach <Ja ich will dich auch> zu sagen ist, dass er nicht mannsgenug zu sein scheint mich zu halten.

Das zugeben – Niemals. Lieber bin ich am Weglaufen.

<Ja ich war betrunken. Ok, wir beide waren es und dann sagt und tut man solche Dinge. Sorry, aber heut ist es anders.>

<Also das ist deine Antwort… Du meinst es nicht so und den Rest weißt du sowieso nicht mehr.>

<Ja, ist hart und es tut mir leid.>

Wie er mich ansieht, diese Enttäuschung. Was er wohl in meinen Augen sieht, Egoismus? Frust? Angst oder einfach nur der Arsch, der ich nun mal bin?

Wir zünden uns beide eine Zigarette an, die letzten seiner Packung. Der Rauch zieht kalt und geschmacklos den Hals hinab. Ein Gefühl kann ich in diesem Moment nicht beschreiben. Monoton bewegt sich meine Hand zu meinen Lippen bis die Zigarette geraucht ist. Ohne ein Wort zerdrücke ich sie, wende mich von dem Fenster ab und gehe zur Tür.

<Du gehst jetzt!?>

<Es ist alles gesagt. Tschau Jonas, mach´s gut.>

Das Annehmen

Anderer wunderschön

zu sein wie man ist

12) Sehnsucht

Ein langer Abend mit einem aufregenden Morgen. Danke, dass Sie so lange mit mir geblieben sind.

Kommen Sie, verlassen wir jetzt auch die Wohnung, es wird Zeit an die frische Luft zu gehen. Mal sehen wohin uns unsere Füße führen.

Drei Straßen weiter treffen wir Lara. Sie ist tief in Gedanken versunken auf den Weg ins Nirgendwo.

<u>Lara</u>

Ich muss hier raus. Ich will aus meiner eigenen Haut raus. Die Gedanken werden immer lauter und die Stimmen in meinem Kopf halten nicht die Klappe.

Mächtig erledigt von der Nacht tragen mich meine Füße schwer über die Straße. Bin todmüde. Nur weiß ich, dass mein Kopf mich jetzt nicht schlafen lässt. Zuviel Stoff zu verarbeiten.

Auf der Suche nach ein wenig Ruhe biege ich von Seitengasse zu Seitengasse. Dann steh ich vor einem Park. Die grüne Oase ist der Anker dem Grau zu entfliehen. Erleichterung überkommt mich, hier kann ich kurz innehalten und das Chaos ordnen.

Wie ein tagelanger Wanderer schleppe ich mich zu einer Bank inmitten des Grüns. Nur monoton und fern schallt geschäftiger Lärm an mein Ohr.

Ich mach die Augen zu. Die Nebel meiner Wahrnehmung klären sich. Jeder frische Atemzug tut gut. Die Vernunft kehrt zurück. Ich werde nüchtern.

Mit jeder weiteren Minute und dem Abschütteln der Anspannung beginne ich Nachzudenken. Der Wunsch von Julians Wohnung so weit wie möglich wegzukommen, löst sich in Luft auf.

Nach und nach verraucht die Wut. Verdammt. Langsam holt die Sehnsucht mich ein.

Es fühlt sich an wie eine Zugfahrt in die Zeit. Erinnerungen fangen mich ein.

Das Kennenlernen. Der gemeinsame Abend. Heute Morgen. Meine Worte. Seine Worte. Und das Davonlaufen.

Ich wollte es nicht beenden, wollte es richtig machen. Aber jetzt wo ich hier sitze, fühlt es sich so endgültig an. Wie ein Schlussstrich. Unsere Geschichte ist zu Ende.

Gesagte Worte können nicht ungeschehen werden. Habe die Entscheidung getroffen und bin gegangen.

Aber was sagt mein Herz? Wollte ich ihn nicht glücklich machen? Wollte ich nicht aus einem Ich ein Wir machen?

Eine Einzelkämpferin bin ich nicht.

Ich lass meine Schultern sinken. Meine Hände sind kalt. Der Wind streift meine Wangen und mich fröstelt.

Warum passiert immer dasselbe? Ich lerne jemanden kennen – finde ihn toll. Wir beginnen gemeinsam Geschichten zu erleben und binden unsere Tage aneinander. Dann passiert etwas Komisches. Ich hege Gefühle, die der andere nicht hat. Ich rede von einer Zukunft, die der andere nicht kennt.

Dann schafft man es nicht darüber zu reden. Ich hätte ihn anrufen können. Hätte ihn erklären können, was ich fühle.

Tja, Selbstschutz war wohl meine Devise.

Vielleicht musste es so passieren. Sturzbetrunken ihn aufzuwecken. Sturzbetrunken ihm mein Herz auszuschütten. Mich hat anfangs die Ruhe und letztendlich der Mut verlassen.

Dass da nichts Gutes rauskommt, weiß ich jetzt auch.

Nevermind. Jetzt ist Schluss. Heute Früh. Heute Nachmittag. Und hoffentlich Morgen auch.

Ein starker Satz. Stark im Kopf. Ich vertraue darauf, dass das Herz auch mitspielt.

Ich denke, es könnte funktionieren. Sehe es ja bei anderen Frauen. Sie sagen was sie sich denken und bleiben sich treu. Oder machen sie nur auf taff, weil sie es sich nicht eingestehen wollen.

Ist das nicht paradox. Entweder Sehnsucht oder Selbsttreue. Entweder Gefühle oder Vernunft.

Vielleicht lerne ich daraus, das nächste mutiger zu sein und begründe mich selbst mit: Eine Frau – Ein Wort.

Herz über Kopf oder Kopf über Herz. Bin gespannt welchem Gefühl Lara folgen wird.

Was meinen Sie? Stimmen Sie mir zu, wenn ich sage Sehnsucht ist, sich zu sehnen nach etwas was nicht mehr Teil von einem ist.

Einige Seitengassen hinter Lara streift Mila durch die Stadt. Ebenfalls verkopft und mit fernem Blick. Wir treffen sie, als sie gerade eine Straße quert.

Kommen Sie, begleiten wir Mila ein Stück.

<u>Mila</u>

Jonas musste es ja unbedingt herausfordern. Er beharrte auf eine Antwort. Ich habe einen guten Rat für ihn: Stelle nie Fragen, wo du die Antwort nicht hören willst.

Er hatte mich bedrängt. Er ließ mir keine andere Wahl, als zu gehen. Die Wände sind mir zu eng und seine Worte zu bohrend geworden.

Arsch oder Feigling, soll er doch denken was er will. Ich bin auf jeden Fall froh, meine Sachen gepackt zu haben. Jonas liegt hinter mir.

Energischen Schrittes quere ich die Straße. Meine Füße stampfen über den Asphalt.

Eine Baumallee säumt die Straße. Ich schaue hoch in das Blätterdach. Sanft bewegen sich die Blätter. Es bläst kaum Wind.

Ich atme tief ein und aus. Langsam glätten sich die Wogen meiner Wut. Ich beginne ruhiger zu werden.

Ich mag ihn. Mag seine Art, wie er mit Frauen spricht. Seine Berührungen und seine Küsse.

Ich schweife ab. Mich holen Erinnerungen ein. Sie lassen die Kehle zuschnüren, den Hals eng und die Augen fern werden.

Die parkenden Autos, den unebenen Fußweg, die geschäftigen Menschen und den Lärm nehme ich nicht wahr. Sehe nur in das Blätterdach der Bäume. Sehnsüchtig. Dort oben bin ich allein. Bin ich frei.

In der Vergangenheit wollte ich immer richtig sein. Habe es versucht jedem recht zu machen. Wollte mich anpassen.

Doch bin ganz mies darin. Bin mir doch am liebsten selbst treu.

Jetzt sind die Ziele anderer nicht mehr wichtig. Lass mir nicht sagen, was ich zu erreichen habe.

Freund. Beziehung. Familie. Kinder. Wenn ich daran denke, fühle ich mich meiner Freiheit beraubt.

Verneinend schüttle ich den Kopf. Diese Gedanken ziehen mich runter. Schaue wieder zu den Bäumen hoch. Frage mich, was es eigentlich ist, dass mich drängt abzuheben und dort oben meine Kreise zu ziehen.

Das ist meine Sehnsucht. Will frei von Bindung sein. Frei von Pflichten und Verantwortung.

Nur wurde Jonas gerade zu jenen.

Es gibt sie. Menschen, die frei von Monogamie leben. Frei vom Zwang. Sie haben Familie, nur anders und freier.

Ich muss lächeln. Ich bin eine davon.

Zu gern hätte ich es ihm so erklärt, dass es die Sehnsucht nach einer vollen Beziehung für mich nicht gibt.

Trotzdem spüre ich noch seine Finger auf meiner Haut. Sein Atem an meiner Brust. Das Vibrieren seiner Stimme, wenn er erregt ist.

Mein ferner Blick lässt mich zurück wandern in seine Arme. Seufzend stelle ich fest, es sind Tagträume. Träume, die niemals Wirklichkeit werden.

Ich möchte nicht jenen Liebe geben, die danach fragen. Jene, die eine Liebesgeschichte brauchen.

Langsam finde ich wieder zurück. Zurück in die Welt. Merke, meine Füße haben mich weitergetragen.

Bin am Ende der Baumallee angelangt. Das Blätterdach über mir ist kleiner geworden. Hier stehen junge Bäume mit kleiner Krone. Fast so jung wie meine getroffene Entscheidung.

Am Ende der Straße ist ein kleiner Park. Es ist noch zu früh. Spaziergänger haben ihre Häuser noch nicht verlassen. Ich bin die Einzige hier.

Nein, nicht ganz. Eine junge Frau sitzt auf einer Bank. Ihr Gesicht ausdruckslos. Ihr Blick fern, wie der meine. Hat die Welt auch ausgeblendet.

Vielleicht ist sie eine einsame Wölfin. Vielleicht bin ich eine einsame Wölfin. Vielleicht sind wir nicht einsam. Vielleicht sind wir so viele, dass wir gemeinsam ein Rudel sind.

Schweigend stehen Sie und ich nebeneinander. Sie wirken nachdenklich. Mich haben die Gedanken der Frauen auch fasziniert.

Dieses Hin und Her zwischen Hingeben und Widerstehen. Und der Wunsch nach Zusammengehörigkeit. Es ist mir ein vertrautes Gefühl. Ihnen bestimmt auch.

Du bekommst

was du verdienst

13) Ablenkung

Es ist ein sonnig schöner Tag. Nehmen Sie ihre Tasche mit und vergessen Sie ihre Sonnenbrille nicht. Ich hoffe Sie haben Lust auf einen Stadtbummel.

In den letzten Tagen war der Himmel vom Grau der Wolken verdeckt gewesen, wie auch meine Gedanken.

Mila und Lara wollten mir nicht aus dem Kopf gehen. Sie waren aufgewühlt, emotional, frustriert und stolz gewesen.

Ich weiß nicht, wie es Ihnen erging, aber diesen Morgen nach der Feier konnte ich nicht vergessen. Habe ihre Gefühle zu gut verstanden.

Wie es den beiden wohl jetzt geht?

Dieser Frühlingstag hellt meine Laune auf und lockt nach draußen.

Ah herrlich, bei diesem warmen Wetter bekomme ich Lust auf ein Eis. Ich habe Ihnen eines mitgebracht. Schokolade-Zitrone. Hoffentlich Ihr Geschmack.

Kommen Sie mit, ich habe beim Eisstand Mila auf der anderen Straßenseite gesehen.

Mal sehen was sie an diesem Tag unternimmt und mit wem sie unterwegs ist.

<u>Mila</u>

Er gibt mir einen Abschiedskuss. Süß schmeckend nach dem Erdbeershake, den wir soeben getrunken haben.

Verdammt bin ich gut. Ich habe es geschafft, dass Jack mich küsst.

Wir kennen uns erst kurz. Trotzdem sind wir uns schon nah. Das Kennenlernen ging schnell bei uns.

Wir haben Spaß gemeinsam. Wir unternehmen viel und genießen die Zeit. Schlechte Laune gibt es bei uns nicht. Und wenn, dann bleibt jeder für sich.

Er ist charmant und schlau. Einer Mischung, der ich nicht widerstehen kann.

Wissend, dass wir uns wieder sehen verabschieden wir uns mit einem Lächeln.

Jack ist um die Ecke gebogen. Ich stehe allein am Gehweg, hinter mir das Geschäft, das die herrlichen Milchshakes verkauft.

Mal sehen was der Tag noch bringt.

Das Handy klingelt. Nachricht von Max. *Treffen wir uns 14 Uhr im Café?*

Es ist bereits 13 Uhr. Ich tippe zurück, dass ich da bin. So schnell geht's weiter. Vergnügt und aufgeregt setze ich mich in Bewegung.

Die Straßen sind gefüllt mit Menschen, es herrscht ein buntes Treiben. Alle sind heiter gelaunt. Zumindest treffe ich nur Jene.

Fünf Minuten später, das Handy klingelt wieder. SMS von Tom. *Sehen wir uns morgen?*

Ich schreibe zurück, dass ich mich freue und Zeit habe.

Dann noch eine weitere Nachricht. *Hey Mila, am Wochenende schon etwas vor?*

Ich lächle. Ich werde auch zurückschreiben. Ich schreibe heute jedem zurück.

Alles ist mir lieber, als jetzt allein zu sein. Will nicht über die letzten Wochen nachdenken. Die Sache mit Jonas lässt mich nicht kalt. Das zugeben – niemals.

Lieber treffe ich neue Menschen mit neuen Geschichten. Die Alten habe ich einfach geschlossen. Werde sie auch nicht mehr öffnen.

Ich checke mein Spiegelbild am Handydisplay, der rote Lippenstift und die offenen Haare passen gut. Habe die letzte Zeit Lust mich hübsch zu machen.

Möchte gutaussehen für mein nächstes Abenteuer.

Ich nehme den längeren Weg zu dem Café. Suche bunt belebte Orte auf. Der Trubel kann mir heute nicht zu viel sein.

Ich lächle der Sonne entgegen, sie kann mir heute nicht zu warm sein.

Mir entgegenkommende Menschen nehme ich aufmerksam wahr. Eine alte Dame, die von ihrem Hund spazieren geführt wird. Zwei Herren, die sich fachsimpelnd unterhalten und ein junges Pärchen, das verträumt über den Gehweg spaziert. Dann treffe ich eine junge Truppe von drei Männern und zwei Frauen. Sie sind nicht von hier, haben Karte und Handy in der Hand und mustern die Straßenschilder. Sie sehen aus, als haben sie eine gute Zeit. Zwei von ihnen sehen richtig gut aus, ich lächle ihnen zu.

Einer kommt mir bekannt vor. Er sieht jemanden ähnlich – Jonas. Verdammt, mein Herz schlägt schneller. Könnte er es sein? Treffen wir uns jetzt gerade. Nein, unmöglich.

Zügig gehe ich an ihnen vorbei. Ich wüsste nicht, was ich tun sollte, wäre es Jonas. Was könnte ich sagen?

Verdammt, ich will nicht länger an ihn denken.

Habe nach weiteren zwanzig Minuten das Café erreicht. Bin zur Überraschung pünktlich da. Es ist an einer belebten Ecke. Straßenbahn und Taxis haben hier ihre Haltestelle. Eine Bank, eine Schule und ein Supermarkt haben den Platz für sich bestimmt.

Man möge meinen, das kleine Café gehe in diesem Trubel unter. Aber nein, es ist ein gut besuchtes Plätzchen.

Die hohen Häuser werfen in der Nachmittagssonne Schatten auf das kleine Kaffeehaus. Alte Holzmöbel und viel Grün empfangen mich beim Eintreten. Die Dielen knarren bei jedem Schritt. Es riecht vertraut nach Kaffeegeruch und Zigarettenqualm.

Max ist bereits da. Er hat mir geschrieben. Suchend blicke ich mich um, bis ich ihn entdecke.

Mit großen Brillen, grauem Hemd, lockerer Hose sitzt er an einem Holztisch. Seine Jacke ist über die Sessellehne gehängt.

Zur Begrüßung eine Umarmung und als freundliche Geste bestellt er Tee für mich.

Wir reden über die Woche, das Wetter, die Stadt, das Land. Was weiß ich, belangloses Zeug. Smalltalk eben.

Wirklich fesseln kann er mich nicht. Er ist freundlich und interessiert. Aber zu nett.

Er wirkt nicht wie ein Abenteuer.

Ich weiß nicht was ich fragen kann. Weiß nicht, was mich an ihm interessiert. Kennen uns auch kaum.

Ich schlage vor, dass wir austrinken und raus gehen.

Max stimmt mir zu, er bezahlt die Rechnung. Ich hätte gerne selbst bezahlt, doch Gentleman bleibt Gentleman.

Im Park setzen wir uns an eine Bank. Beobachten Spaziergänger.

Lenken uns ab. Wissen beide nicht was wir reden sollen.

Ich greife in meine Tasche. Habe Lust zu rauchen. Will das unangenehme Schweigen überbrücken.

Habe mir einen Joint gedreht, weil alles bekanntlich mit Gemütlichkeit beginnt.

Das Klicken des Feuerzeugs, das Glimmen von Tabak und Gras. Zwischen uns steigt ein süßer Geruch auf.

Max sieht mich mit großen Augen an – damit hat er nicht gerechnet. Er sieht sich unsicher um. Ist wohl nicht seine Welt.

Hm, vielleicht hätte ich ihn fragen sollen? Ihn in diese Situation zu bringen ist nicht fair. Er hatte sich unser Treffen bestimmt anders vorgestellt.

Ich eigentlich auch. Nevermind – heute mach ich was mir gefällt. Soll er doch nicht so ein Hosenscheißer sein.

Der herbe Geschmack haftet am Gaumen. Das vertraut entspannte Gefühl und das Vernebeln der Gedanken bahnen sich an. Das Gras zeigt seine Wirkung.

Max sieht mich an. In seinen Augen ein stummes Vorurteil. Er ist trotzdem zu höflich, um etwas zu sagen.

Meine Devise ist, mich zu entspannen. Versuche seine Blicke zu ignorieren. Leider gelingt es mir das nicht.

Toll, auch ich werde jetzt paranoid. Vorbei ist die Gemütlichkeit.

Langsam frage ich mich, ob das eine gute Idee war, mich mit Max zu treffen. Führen beide ganz unterschiedliche Leben.

Frage mich, warum ich eigentlich hier sitze. Was hält mich hier noch?

Nichts. Ich habe nur mehr wenig Lust auf seine Gesellschaft.

Nach den letzten drei Zügen dämpfe ich den Joint am Boden aus. Ein roter Rand meines Lippenstifts haftet am Filter. Ich wische die Farbe ab und lasse den Stummel in der Tasche verschwinden.

Ich breche das Schweigen.

<Was machst du heute noch?>

<Ich denke, ich werde noch gute Freunde besuchen.> erwidert Max bereits im Klaren von hier weg zu wollen.

Das kommt mir gelegen. Wir wollen beide weg. Ohnehin wüsste ich nicht, wie ich Max sagen kann, dass ich mich in seiner Gegenwart nicht entspannen kann. Wir sind heute nicht die passende Gesellschaft füreinander.

Am besten ist, wir trennen uns. Ehrlich gesagt, will ich uns beiden einen Gefallen tun.

<Nice, ja dann wünsch ich dir noch einen schönen Tag und mach´s gut.> antworte ich und stehe auf. Mit einer knappen Umarmung verabschieden wir uns.

Max geht zur Straßenbahn und ich gehe zurück zum Café. Ich möchte noch etwas bleiben.

Kurz vor dem Café halte ich inne. Habe ein nettes Schaufenster entdeckt. Darin stehen Kuchen, Torten, Kekse und Pralinen aller Art. Sieht richtig hübsch aus.

Am schmalen Gehweg ziehen Menschen an mir vorbei. Ich versuche nicht im Weg zu sein. Will nur das Schaufenster begutachten. Leute drängen sich vorbei, laufen über Schutzwege, eilen zu Straßenbahnen und Bussen. Das Treiben und der Lärm überfluten mich.

Es wird mir viel zu viel.

Mann, das Gras hat eine starke Wirkung.

Max hatte wohl Recht und es tut mir nicht gut. Im Stummen stimme ich ihm zu. Vielleicht lasse ich es das nächste Mal.

Der Zustand ist mir vertraut. Am besten ich fixiere einen Punkt. Schaue in das Schaufenster mit all seinen Farben.

Starr, aber mit heftigem Herzklopfen stehe ich vor den Leckereien.

Die Welt verschwimmt um mich herum. Nichts lenkt mich ab. Es gibt nur noch mich und die gebackenen Süßigkeiten. Mit läuft langsam das Wasser im Mund zusammen.

Ja, ich denke ich kaufe mir einen Muffin. Aber erst später. Viel später, wenn ich wieder in der Lage bin ein Gespräch zu führen.

Auf einmal ein heftiges Zusammenstoßen. Mich rammt etwas von der Seite. Verliere fast das Gleichgewicht. Ein Ausfallsschritt nach hinten rettet mich vor dem Sturz.

Rausgerissen aus meinen Gedanken bin ich wieder in der Wirklichkeit.

Ziemlich entgeistert nehme ich die parkenden Autos, die vorbeiziehenden Menschen, die Häuser und die junge Frau neben mir wahr. Ihr ist die Tasche hinunter gefallen und sie reibt sich die Schulter.

Auch jetzt spüre ich einen dumpfen Schmerz an der rechten Schulter.

Autsch, das Zusammenprallen zweier Körper tut weh.

<u>Lara</u>

Verdammt, ich habe die Frau echt nicht gesehen. Steht hier einfach mitten. Ich hätte vielleicht auf den Weg achten sollen…

Ich reibe mir die Schulter und hebe die Tasche wieder auf. Das Handy läutet immer noch. Ich krame hastig darin herum – wie schon zuvor. Mit dem Blick in meiner Tasche, habe ich nicht auf den Weg geachtet und die Frau gerammt.

Da endlich, ich habe es.

<Hallo, ja ich bin schon unterwegs. Ich beeile mich, der Zug hatte leider Verspätung.>

Die Stimme am anderen Ende sagt, ich solle mir keinen Stress machen, sie würden auf mich warten.

Beruhigende Worte, aber leider haben sie keine Wirkung auf mich. Ich bin schon gestresst.

Ich blicke zu der Frau neben mir. Sie sieht mich mit erschrockenen Augen an. Oje, der hab ich wohl einen großen Schreck eingejagt.

Nicht wirklich wissend was ich sagen soll, murmle ich <Es tut mir leid!> und eile weiter.

Die Tasche klemmt unter dem Arm und das Handy ist griffbereit in der Hand – für alle Fälle. Möchte nicht noch einen Unfall verursachen.

Super, der Bus kommt gerade um die Ecke, ich hechte über die Straße. Quietschend bleibt er am Gehweg stehen, die warme Abgasluft schlägt mir in die Nase. Die Türen gehen auf, ich steige ein und ergattere einen Sitzplatz am Fenster.

Endlich kann ich kurz zu Luft kommen. Mein Stresslevel sinkt rapide. Streiche mir mein zerzaustes Haar aus dem Gesicht und stelle meine Tasche auf den Schoß.

Vom Bus aus beobachte ich die Frau. Sie steht noch am Gehweg und reibt sich die Schulter. Es tut mir schrecklich leid. Sie war sichtlich tief in Gedanken, als ich ihr reingerannt bin. Vermutlich ich auch. Meine Aufmerksamkeit galt dem Handy und meine Augen suchten in der Tasche.

Mein Handy läutet ununterbrochen. Ein kleines Wunder, dass jetzt nicht läutet. Habe viel zu tun die letzte Zeit. Habe bewusst zu vielem Ja gesagt.

Ich wollte es so. Lieber mit Hals über Kopf in der Arbeit stecken, als nachzudenken.

Die Geschichte mit Julian geht mir nahe.

Denke jeden Abend an ihn. Immer wieder kehre ich in sein Zimmer zurück. Erinnere mich an jedes einzelne Wort.

Ich kann nicht einschlafen. Liege dann hellwach und male Illusionen an die Decke. Was wäre wenn…?

Die Arbeit macht es mir leichter. Bin viel unterwegs und habe zu tun. Würde ansonsten den ganzen Tag Liebesschnulzen einschalten und Rotwein trinken.

Lieber hechte ich tagsüber wie eine Verrückte durch die Gegend. Abends holen mich ohnehin die Gedanken ein.

Der Zusammenstoß mit der Frau hat mich einen kurzen Moment innehalten lassen. Zwei Welten sind aufeinandergeprallt. Die Ihre und die Meine. Tagträumen versus Arbeitsstress.

Hätte gern mit ihr kurz gesprochen. Hätte mich richtig entschuldigt. Hätte mir die Zeit nehmen sollen. Allerdings musste ich weitereilen.

Heute ist ein wichtiges Meeting. Eine wichtige Chance für mich. Lässt mich gut fühlen zu wissen, dass ich doch etwas gut kann. Es tut gut, wenn die Arbeit passt und Erfolg verspricht.

Kann ich in Sachen Beziehungen und der Liebe nicht behaupten. Wirke vermutlich ungeschickt und tollpatschig und einfältig und unglücklich und…

Na super, die Melancholie holt mich jetzt schon ein, obwohl es noch nicht einmal Abend ist.

Der Bus wird langsamer, die letzten fünf Stops habe ich kaum mitbekommen. Jetzt hält er in meiner Station. Ich stehe auf, schnappe meine Tasche und springe aus dem Bus.

Die Sonne spiegelt sich in den Fenstern des Gebäudes. Hoch ragt es über meinen Kopf gen den Himmel. Im Erdgeschoss sehe ich Menschen. Es sind schon alle da und warten auf mich.

Ich laufe die Stufen hoch. Plötzlich läutet abermals mein Handy. Ich sehe auf das Display.

Es ist Julian.

Ich bleibe stehen. Instinktiv halte ich den Atem an. Er ruft mich an.

Das erste Mal seit der Party höre ich von ihm. Ein Teil in mir, möchte zu gern abheben. Der andere Teil in mir will das Handy wegstecken und zum Meeting eilen.

Nein, ich werde nicht abheben. Habe jetzt keine Zeit dafür. Bin mir auch nicht im Klaren, ob ich seine Stimme hören kann.

Ich habe mich entschieden und stecke das Handy weg. Innerlich ermutigt gehe ich die letzten Stufen hoch.

Was für ein Tag. Sie und ich stehen an der Bushaltestelle vor dem Gebäude. Das Eis haben wir bereits gegessen, nur der süße Nachgeschmack ist noch da.

Die Sonne reflektiert von den glänzenden Glasfenstern des Gebäudes. Noch einige Stunden wird sie dort strahlen. Würde mich freuen, wenn Sie mir bis dahin bei einem Spaziergang durch die Gassen Gesellschaft leisten. Ich möchte den Sonnentag heute auskosten.

Nebenbei stelle ich Ihnen eine Frage und sie können sie beantworten. Interessiert mich, wie Sie darüber denken.

Wie würden Sie ihren Tag gestalten, wenn sie in den Schuhen der beiden stecken würden?

Arbeiten? Zuhause bleiben oder das Gespräch suchen?

In deiner Wahrheit

sehe ich Dich

Heute sitzen wir in einem Café. Ich hoffe Sie mögen Cappuccino – ich habe Ihnen gerade einen bestellt. Ich zünde mir meine Pfeife an und habe zufrieden beschlossen, dass wir Lara und Mila heute einen Tag frei geben. Ich möchte mich lieber mit Ihnen unterhalten.

Wie haben Sie unser letztes Treffen in Erinnerung. Ich weiß nicht, aber ich konnte Mila und Lara kaum wieder erkennen, als ich mit Ihnen in der Stadt war.

Die beiden wollten Ablenkung. Ich frage mich, welche Gründe es dafür gab? Entspannung? Zerstreuung? Auf andere Gedanken kommen? Oder die Wahrheit nicht annehmen wollen?

Ich würde es mir nur zu gern erklären. Also was meinen Sie?

Oh, warten Sie. Raten Sie, wer gerade zur Tür herein kommt und sich an einen Tisch setzt.

Wie das Leben so will, findet Lara einen Weg zu uns.

<u>Lara</u>
Gedankenversunken rühre ich in meiner heißen Schokolade. Die Wärme weicht schnell aus der

Tasse. Der Milchschaum ist fast zur Gänze verschwunden.

Julian hat mich einige Male angerufen. Ich habe meinen Stolz geschluckt und abgehoben. Er meinte, dass er mit mir reden möchte. Nach langem Überlegen habe ich zugesagt und wir haben ein Treffen vereinbart.

Nun sitze ich hier und warte. Die Chance, dass Julian pünktlich kommt ist verstrichen. Er ist bereits fünfzehn Minuten zu spät und hat sich noch nicht gemeldet. Charmant von ihm, mich warten zu lassen.

Beinahe habe ich ein schlechtes Gewissen, einen größeren Tisch in dem überfüllten Café besetzt zu haben.

Buntes Gequatsche mit musikalischer Untermalung bestimmt die Atmosphäre. Ich lausche manchen Tischgesprächen, checke den Nachrichtenstatus meines Handys und blicke hoch, als eine Frau an dem Tisch nebenan Platz nimmt. Sie kommt mir irgendwie bekannt vor, aber weder fällt mir ihr Name ein, noch woher ich sie kenne. Sie legt Tasche, Handy und Notizblock auf den Tisch und bestellt Tee. Sie ist zum Arbeiten hier.

Aus den Boxen in den hohen Ecken schallt gemütlich *Anywhere for Love*. Würde gut passen, wenn ich nicht allein hier sitzen würde. Naja das Leben hat seine eigenen Pläne.

Als ich zum letzten Schluck ansetze, zieht ein kühler Windhauch ins Café und Julian schneit zur Tür herein.

Er umarmt mich, gestikuliert ein *Tut mir leid*, zieht die Jacke aus, nimmt Platz, bestellt bei der netten Bedienung einen Kaffee und ich eine zweite Runde heiße Schokolade.

Ohne viel Smalltalk, beginne ich endlich zu sagen, was ich schon so lange denke. Ich hoffe, dass mich der Mut jetzt nicht verlässt.

<He tut mir leid, dass ich betrunken in dein Zimmer reingeplatzt bin. Ich konnte dem Drang nicht widerstehen, meinen Gedanken freien Lauf zu lassen.>

<Kein Ding, du hattest ja den ganzen Abend Zeit darüber nachzudenken. Nur schade, dass du den ganzen Abend *darüber* nachgedacht hast. War die Party nicht unterhaltsam?>

<Doch, doch, war eigentlich ganz nett. War aber eigentlich wegen dir gekommen.>

<Oh, das tut mir leid. Ich habe ja auch an dich gedacht, nur musste ich arbeiten. Eh scheiße, dass meine Freunde genau dann eine Party planen mussten.>

<Ja war vielleicht nicht das beste Timing. Natürlich auch, dass ich dann in dein Zimmer reingestolpert bin.>

<Alles gut. Wie jeder weiß, betrunken macht man so Einiges, was man dann bereut.>

<Nur irgendwie bereue ich´s nicht. War zwar nicht der beste Moment, aber ich habe mich genauso gefühlt wie ich es gemeint habe. Am liebsten hätte ich es dir schon früher gesagt.>

<Warum hast du es mir nicht erzählt?>

Ich atme tief durch, diese Antwort braucht jetzt viel Mut.

<Weil ich Schiss hatte, dass du mich nicht verstehst und ich nicht wieder enttäuscht werden wollte.>

Julian sieht mich an. Seine Augen zeigen, er will so einfühlsam wie möglich sein.

<Ich weiß nicht ob ich auch so fühle wie du, aber ausgenutzt habe ich dich nie.>

Ich muss traurig lächeln.

<Das Ding ist, ich denke, dass ich mich selbst ausgenutzt habe.>

<Was meinst du?>

<Ich habe es ausgenutzt, dass es so viel Alkohol gab und habe getrunken, weil ich's scheiße fand, dass du schläfst.>

Betreten nimmt Julian einen Schluck von seiner Kaffeetasse.

<Habe mich im Stich gelassen gefühlt von dir… Du hast mir nicht Bescheid gegeben.> setze ich fort.

<Das tut mir leid, Lara. Ich hatte viel zu tun und wusste nicht, dass dich das so trifft.>

Ich bin überrascht, wie leicht es mir fällt die Worte auszusprechen. Ich dachte, es wird viel schwieriger mit ihm darüber zu reden.

Ich war auf ein hitziges Gespräch vorbereitet. Welches bei dem ich mich durchzusetzen müsste. Jetzt spüre ich, dass dies nicht länger nötig ist.

Meine Angst hat sich in Luft aufgelöst. Nun sehe ich Julian mit anderen Augen. Mit seeligen Augen.

<Komisch, in welche Situationen wir uns bringen.> meine ich schmunzelnd.

<Ja, da stimme ich dir zu. Obwohl alles einen Sinn hat. Warum wir Menschen kennenlernen und welche Herausforderungen sie uns mitgeben.>

<So true! Ich denke, es ist ein guter Schritt sich darüber Gedanken zu machen. So wie wir beide gerade eben.>

Ich habe mir viel dazu den Kopf zerbrochen. Über das Ausnutzen, das Durchsetzen – den Standpunkt vertreten und sich Respekt zu verschaffen. Trotz der Ablenkungen sind meine Gedanken immer wieder dahin zurückgekehrt.

Ich denke kurz über die letzten Wochen nach: Das Versagen der richtigen Worte; Der Schlussstrich; Die Sehnsucht; Die Ablenkungen;

Weiß nun, dass das alles passieren musste.

Bin daran gewachsen.

<Weißt du, ich glaube, ich verstehe langsam und habe jetzt die richtigen Worte gefunden.>

Julian sieht mich mit ruhigen Augen an.

<Darf ich sie hören?>

<Ich muss nicht länger über das Durchsetzen nachdenken. Du hast mich schon verstanden und dafür bin ich dankbar.>

Ich mache eine Pause und atme tief ein.

<Wollte dich mit meinen Erwartungen lenken. Aber niemand kann Gefühle erzwingen. Ich denke es ist an der Zeit einfach loszulassen.>

Julian sieht mich an. Seine Hand tastet über den Tisch. Er greift meine Hand. Berührt von den Worten.

<Ja Lara, das musst du wohl. Die Zeit für uns ist wohl nicht gekommen.>

Ich nehme einem Schluck meiner heißen Schokolade und überdenke seine Antwort. Ich verstehe.

Er hatte nie an mehr gedacht. War sich dessen im Klaren.

Er hat mir dabei geholfen. Für mich zu wissen, was mir gut tut. Ich bin zum ersten Mal mutig genug ich selbst zu sein.

Vielleicht ist nun aus einer Bekanntschaft eine Freundschaft geworden. Jener, bei der Herz öffnen und Mensch sein ganz oben steht.

Dank der vielen Worte, habe ich nun einen anderen Blick auf die Dinge. Jeder trägt sein eigenes Puzzle der Liebe im Kopf. Meine Sicht ist weder richtig noch falsch, sie ist eben nur die Meine.

Kein Drang mehr mich durchzusetzen – ich habe mit dem Herzen gesprochen. Julian versteht schon. Die Erwartungen haben es mir schwer gemacht. Nur die Liebe allein genügt der Liebe.

Meine Pfeife ist erloschen und unsere Tassen sind kalt. Sie und ich sitzen tief berührt von dem Gespräch an unserem Tisch. Sprechen kaum ein Wort.

Wie fühlen Sie sich? Ich fühle mich warmherzig. Laras Mut und ihr Worte haben mir gezeigt, wie kraftvoll die Ehrlichkeit sein kann.

Die beiden sitzen noch lange an dem Tisch. Schlürfen gemütlich ihre heißen Tassen. Wie spät es ist, ist nicht mehr länger wichtig.

Mit mehr Gefühl tauchen sie in die Welt des anderen ein. Sie sitzen da wie zwei alte Freunde.

Mila hingegen sitzt nachdenklich am Tisch nebenan. Ich vermute, sie ist mit ihren Gedanken weit weg von ihrem Tee und dem Notizblock.

Möchten Sie auch wissen, was sie beschäftigt?

<u>Mila</u>

Nebenan habe ich zu arbeiten aufgehört. Bereits vor zehn Minuten habe ich den Stift beiseitegelegt. Mit dem Ellenbogen auf den Tisch lehnend sehe ich verträumt aus dem Fenster.

Zuerst hat es mich verblüfft. Die beiden am Tisch neben mir haben echt Mut. Solche

Herzenssachen hier zu besprechen – in einem Café, hörbar für die Welt.

Aber mit jedem weiteren Wort, habe ich dann immer besser verstanden.

Vielleicht ist es gut so. Gut für die beiden. Gut auch für mich neben den beiden einen Platz gefunden zu haben. Die beiden haben mich auf eine Gedankenreise vergangener Tage geschickt.

Es ist kühl. Oktober. Der Wind treibt raschelnd Herbstblätter über die Straße. Wie immer warte ich. Wie immer bin ich zu früh dran. Wie immer kann ich kaum erwarten, dass wir uns wiedersehen. Bin verrückt nach ihm.

Aber wie immer lässt er mich warten. Stehe vor seiner Tür.

Dann endlich höre ich das vertraute Klacken und er öffnet die Türe. Die Haare stehen wild vom Kopf ab und ein müder Blick in seinem Gesicht. Wir fallen in eine Umarmung. Ach herrlich, er riecht so gut und der Bart ist flaumig weich.

Ist mir egal, dass er mich warten lässt. Ist mir egal, dass er wild aussieht. Hauptsache wir sehen uns.

Wie immer gehen wir ins Wohnzimmer. Wie immer nehmen wir Platz auf der ausrangierten Couch. Wie immer läuft eine Comedy-Show. Wir machen es uns bequem. Sprechen nur wenige Worte – Blicke sagen mehr.

<Du hast deine Kleidung noch an?!> flüstert er mir ins Ohr, während er seinen Körper an den meinen schmiegt. Wir liegen auf seiner Couch, das Chaos rund um uns ist nicht länger wichtig. Es zählen nur die Berührungen, die Küsse und Hände, die nach mehr tasten.

Das ist die Natur, die menschliche Natur, dank der wir oftmals scharf darauf sind, den anderen zu spüren.

Ich will ihn, ich will ihn jetzt. Der Moment ist Unser. Sein Körper auf dem meinen. Seine Wärme umhüllt die meine. Gänsehaut.

Doch unerwartet schleicht sich ein unbequemer Gedanke ein. Jener, der plötzlich da ist und nicht wieder verschwindet.

Dieser flüstert mir:

Er will dich berühren, wie es ihm gefällt;

Er will dich sehen, wann es ihm gefällt;

Er will dich küssen, wie es ihm gefällt;

Er will mit dir schlafen, wie es ihm gefällt;

Scheiße, und das Genießen des Moments ist vorbei. Fühlt sich an als sei er nicht der Richtige. Ich will ihn von mir drücken. Meine Hände fassen ihn an den Schultern. Will ihm sagen was ich mir denke. Aber seine Küsse ersticken meine Worte.

Schon der nächste Satz schleicht in meinen Kopf: Vielleicht ist es fair.

Vielleicht war ich oft auch nicht die Richtige für andere. Ich könnte meinen, war die falsche Frau für den richtigen Mann. War eine gnadenlose Spielerin in dem Spiel. Wir haben gespielt um Gefühle, Ehre, Stolz, Sex und Sieg. Ich habe oft gewonnen, bin als Sieger davon gekommen. Aber das Leben lässt nichts aus.

Ich habe gewonnen und ich habe verloren. Manche sind noch gnadenlosere Spieler als ich.

Ich muss mir eingestehen, dass Gefühle mächtig sind.

Vielleicht habe ich zu lange mitgespielt, habe es zu lieb gewonnen dieses Spiel. Es hat mir einen Grund im Leben gegeben.

Ich hatte einen für mein Lachen, einen für den Tag, einen für die Nacht und einen für die Seele.

Jetzt gerade zieht mich er in <u>seinen</u> Bann. Er lebt dieses Leben, das so aufregend ist. Jedes Mal füttert er meine Neugierde, aber nie genug. Das Leben in seiner Einfachheit.

Mit Hunger auf mehr, muss ich dann wieder gehen.

Er küsst meinen Hals, meine Schulter, fasst meine Hände, die ihn fortdrücken wollen und verschlingt seine Finger in den meinen. Er holt mich aus meinen Gedanken. Ins Hier und Jetzt. Die Couch mit dem Chaos. Sein Körper auf dem meinen.

Fühle seinen schweren Atem an meinem Hals, seine Muskeln, die unter der Haut spielen. Seine Hand, die meinen Kopf stützt.

Die Küsse werden leidenschaftlicher, seine Zunge fordernd und sein Händedruck fester.

Plötzlich hält er inne.

<Mila, du hast deine Kleidung immer noch an.> flüstert er.

<Danke, ich weiß.> meine ich und setze mich auf.

Vielleicht meint er es anders, aber er hat mich gerade gekränkt. Geht es ihm jetzt nur um das Eine und das am besten schnell?

Was bin ich – sein Spielzeug?

Ja ich weiß, ich bin hier. Ich bin wie immer abrufbereit. Komme, wenn er Zeit und ich Lust habe.

Fühle mich gerade ausgenutzt. Normalerweise würde ich aufstehen und gehen.

Keine Ahnung warum ich bleibe. Aus dem Trieb? Wegen der Angst? Oder weil es fair ist? Es hat schon alles seinen Sinn, warum wir uns gefunden haben. Vielleicht war ich oft der schlechte Umgang und er ist nun der Meine. Alles gleicht sich aus.

Damit der Abend und wir uns zu einer Gleichung kommen, schiebe ich meine Hand unter mein T-Shirt und streife es über. Jetzt ist es wieder ein Spiel. In jenem, wo nur nicht weiß, ob ich gewinne oder verliere.

Die Gedankenfahrt ist zu Ende. Langsam sehen meine Augen wieder die Tische, Stühle und die Konturen des Cafés.

Wow, das waren Zeiten. Lange sind diese Tage her. Hatte viele solche Nächte, wollte oft nicht allein sein. Das zugeben – Niemals.
Stattdessen habe ich gewonnen und verloren. Habe ausgenutzt und wurde ausgenutzt.
Doch alles geht vorbei und alles kann sich verändern.

Nicht das Leben
entscheidet,
sondern Du
entscheidest im Leben

16) Zeit lassen

Die Sonne ist bereits untergegangen, ein kühler Abend ist hereingebrochen. Es tut mir leid, dass ich Sie so spät zu einem Abendspaziergang überrede. Es wird nicht lange dauern – versprochen. Aber vielleicht treffen wir die beiden. Lara hat schon Feierabend und macht es sich zu Hause bequem. Mila ist bestimmt irgendwo unterwegs. Ein paar Tage sind verstrichen seit Sie und ich gemütlich Kaffee geschlürft haben. Ich habe diesen Tag sehr genossen und der Kaffee war auch nicht schlecht. Ich hoffe Ihnen hat er ebenso gemundet. Nun gut, gehen wir. Ich habe auch einen Regenschirm eingepackt, falls das Wetter umschlägt.

Lara

Der kühle Luftzug, des geöffneten Fensters überzieht mir eine Gänsehaut. Dennoch ist die kalte Luft herrlich. Belebt den Geist. Ich streife mir die kuschelige Decke über die Beine und mach es mir bequem.

Ich schnappe mein Handy, vergrabe mich in der wolligen Wärme meiner Bettwäsche und starte die Playlist.

Kann am besten einschlafen mit Musik. Sie schickt mich weit weg. Bin dann on tour. Jedes Lied malt mir Bilder und Farben in den Kopf.

Schlummernd, die Augen geschlossen bin ich schon nicht mehr in meinem Zimmer.

Ein Vibrieren unter dem Kopfpolster holt mich zurück. Die Augen zu Schlitzen, taste ich nach dem Empfangsgerät. Das helle Licht blendet. Kurzen Moment später habe ich den Absender entschlüsselt.

Es ist Julian. Was will er noch um diese Uhrzeit?

Hey noch wach?
Bin gerade unterwegs und habe Lust dich zu sehen.

Mein erster Gedanke ist: Schön er denkt an mich.

Gedanke Nummer zwei: Wieso will er mich sehen?

Gedanke Nummer drei: Vermisst er mich?

Gedanke Nummer vier: Nein, wohl kaum. Oder doch?

Gedanke Nummer fünf: Soll ich antworten?

Gedanke Nummer sechs: Lieber nicht, ich will das alles hinter mir lassen.

Ich versuche mich zu entspannen. Schließe die Augen. Leider ist nur Julians Gesicht vor mir. Ich denke an ihn.

Verstehe es nicht. Haben über uns gesprochen und uns geeinigt besser sich rauszureißen, als gegenseitig reinzureiten.

Nur komisch, dass er sich meldet. Haben nicht unsicher über meine Entscheidung im Café gesprochen.

Ich frage mich was seine Absicht ist. Vielleicht will er reden. Vielleicht will er nicht allein sein. Vielleicht vermisst er mich. Vielleicht hat er doch Gefühle. Vielleicht will er zurück zu mir.

Stopp. Ich schweife ab. Er hat mir klar gesagt, dass er keine Gefühle hat.

Seit dem Gespräch im Café, sehe ich Julian in einem anderen Licht. Ich habe bemerkt, dass ich auf mich aufpassen und mir Zeit geben muss.

Ich werde mich nicht mit ihm treffen.

Hey, ich bin noch wach.
Schön von dir zu hören.
Nein ist besser wir sehen uns nicht.

Habe die Karten auf den Tisch gelegt. Habe entschieden mir treu zu bleiben. Es ruhiger anzugehen.

Schade!
Dann pass auf dich auf.
Melde dich, wenn du dich treffen willst und wir uns wiedersehen.

Er akzeptiert meine Antwort. Schön!

Ich sperre wieder mein Display. Mache die Augen zu und versuche zu schlafen. Entspannt kuschle ich mich in mein Bett.

Leider spüre ich, erste Zweifel kommen hoch.

Was denkt er? Habe ich ihn durch meine Reaktion verloren? Wird er mir nicht mehr schreiben? Tut er nur, als verstehe er mich? Wird er einer anderen schreiben?

Ok, Halt. Ich habe mich bereits entschieden. Brauche die Zeit meine Wunden zu pflegen. Mir klar zu werden, was ich will.

Ich stehe auf und will das Fenster schließen. Greife den kalten Griff und werfe einen letzten Blick hinaus.

Die Straße ist einsam. Die Laternen werfen weißes Licht auf den Asphalt. Die Fenster der Nachbarhäuser leuchten einen warmen Schein auf die Sträucher am Gehweg.

Es ist windstill und frostig. Die kühlen Nächte laden ein es sich im Haus gemütlich zu machen.

Ich höre eine Stimme. Eine Frau geht schnellen Schrittes die Straße entlang. Ihre Stimme ist auffordernd und bittend.

<Schade, dass du heute keine Zeit mehr hast. Weiß nicht wann wir uns wieder sehen…>

Der beharrliche Ton in ihrer Stimme ist nicht zu überhören. Womöglich weiß der Mensch, am Ende der Leitung, nicht was er sagen soll.

Sie spricht weiter. Sie will überreden.

<Wir haben uns schon so lange…> mehr konnte ich nicht verstehen. Sie ist um die Ecke gebogen.

Ich mustere nochmal die Straße. Ein Frösteln zieht durch meinen Körper. Es wird Zeit das Fenster zu schließen.

Spannend, wie schwierig Zeit geben und Zeit lassen sein kann.

Wie schnell man überredet. Wie schnell man zweifelt. Wie schnell man überstürzen will, wenn die Sehnsucht einen erreicht.

Was meinen Sie, wird Lara noch länger wach im Bett liegen und an Julian denken?

Es ist kalt. Sie wollen nach Hause. Wollen Sie noch kurz warten?

Mila ist ebenfalls noch draußen. Begleiten wir sie noch ein Stück und hoffen, dass sie gut nach Hause kommt.

<u>Mila</u>

Durchgefroren streife ich durch die Nacht.

Die Finger steif, die Nase rot und ein Brennen am Kinn. Meine Finger können sich kaum noch bewegen. Scheiße, ich hätte eine warme Jacke anziehen sollen.

Habe weder Tee, noch Handschuhe, um mich zu wärmen. Ziellos tragen mich meine Füße weiter.

Es ist bereits zu spät, in einem Café zu sitzen – es hat alles geschlossen. Die letzte Bahn ist schon gefahren. Jetzt heißt es, zu Fuß zu gehen.

Ich will noch nicht nach Hause. Will heute nicht allein sein.

Es bedrückt mich, die Straßen sind ausgestorben, alles verkriecht sich daheim unter warmen Decken. Nur ich nicht.

Meine Finger tippen taub am Display meines Handys. Können es kaum halten. Trotzdem kann ich es nicht lassen.

Ich wähle die Nummer.

Es läutet. Soll ich doch wieder auflegen?

<Hallo Mila. Was gibt es so spät?> ertönt die Stimme von Jonas.

Zu spät, um wegzudrücken. Seine Stimme fesselt mich.

<Tut mir leid so spät noch zu stören. Bist du Zuhause und Lust auf einen spontanen Besuch?>

<Uff das hört sich toll an, nur ich habe wenig Zeit. Geht es ein anderes Mal?>

Ich überlege kurz, soll ich es gut sein lassen? Soll ich nicht mehr versuchen ihn zu überreden. Ich will Jonas heute sehen. Will unbedingt heute in seiner Nähe sein.

Verdammt, ich laufe ihm gerade hinterher.

Das Verlangen nach ihm hat meinen ganzen Stolz geschluckt.

<Ich weiß nicht, wann wir uns das nächste Mal wieder sehen. Für mich würde heute super passen.>

<Das freut mich echt, Mila. Nur heute ist wirklich schon spät…>

Jonas zögert einen Augenblick.

<Ich verstehe auch nicht ganz warum du mich anrufst, nach allem was du mir letztens gesagt hast.>

<Hmm, ja ich weiß... will mit dir auch über das reden. Aber ich will dich heute unbedingt noch sehen!>

Pause. Jonas sagt nichts.

Dann, als müsse er die Worte suchen.

<Vielleicht ist es ganz gut. Vielleicht passt das schon, dass es heute nicht passt.>

Ok, er will heute nicht. Obwohl ich dachte, Spontanität ist seine Liga. Vielleicht habe ich mir zu viel geleistet, dass er keinen Bock hat.

Schade für ihn. Schade für uns.

Andererseits, vielleicht hat er Recht. Vielleicht tut uns eine Auszeit gut. Nicht schon wieder alles übereilen.

<Na gut, ein bisschen Nachdenkzeit ist vielleicht nicht schlecht. Mach´s gut Jonas und eine gute Nacht.>

<Gute Nacht Mila. Pass auf dich auf. Wir werden uns bestimmt wieder sehen. Wenn nicht bald, dann irgendwann, wenn die Zeit reif ist.>

Das Handy verschwindet rasch in der Jackentasche. Den Schal bis zur Nase hochgezogen und die Finger fest eingerollt mache ich mich am Heimweg.

Was soll sie denn machen? Der Abend gehört
nun ihr allein.

Es ist in der Tat frisch geworden. Meine Zehen
sind allmählich kalt. Ich erlöse Sie nun von der eisigen
Kälte. Sie haben tapfer durchgehalten.

Vielleicht haben Sie jemanden Vertrautes, der Zuhause mit einer warmen Tasse Tee auf Sie wartet. Ich
hoffe Sie sind heute nicht allein.

Ich wünsche Ihnen eine gute Nacht und kommen
Sie gut nach Heim.

Wie kann man so viel
wissen und so wenig
spüren

Wie kann man so viel
spüren und so wenig
wissen

Wir sind nun am Ende angelangt. Sie waren mir eine sehr angenehme Gesellschaft. Es war schön in den letzten Wochen mit Ihnen vereinzelt Stunden verbracht zu haben.

Keine Sorge, so schnell verabschiede ich mich nicht. Ein wenig reflektieren wir noch über das Erlebte.

Nun möchte ich Ihnen noch eine kurze Geschichte erzählen, die mich zum Nachdenken anregte.

Jeder versteht und lebt Liebe so, wie er es für richtig hält.

Die Glocke läutet wie immer pünktlich. Er ist pünktlich. Es ist Mittwoch. Sechs Uhr abends. Wie besprochen läutet er zweimal kurz, dass ich weiß, er ist es.

Ich öffne die Tür. Nick steht vor mir mit roten Wangen. Die Kälte draußen und die Treppen ließen ihn warm werden. Mit einer herzlichen Umarmung lade ich ihn ein. Ich finde es toll, dass unsere Mittwochabende so gut klappen.

Ich gehe in mein Zimmer, während Nick Jacke und Schuhe auszieht. Mein Raum ist der letzte ganz hinten.

Ich und alle Mitbewohner sind dankbar dafür.

Nick kennt sich aus, kommt bereits seit zwei Monaten pünktlich am Mittwoch um Sechs Uhr.

Wir sind im Zimmer angelangt, es riecht gut und entspannt uns. Wenn nichts Wichtiges gesagt werden muss, dann sprechen wir später weiter.

Die Zeit habe ich im Blick. Viel Zeit für etwas anderes bleibt nicht. Dreißig Minuten bis halb Sieben.

Zuerst wird geküsst und dann wird gesprochen.

Nick nimmt mich in den Arm und küsst Hals, Wangen und Lippen. In kurzer Zeit hat er meine Zunge erobert. Seine Küsse sind fordernd und wild.

Ich komme in Stimmung. Wir kommen in Stimmung.

Den Moment genutzt drückt er mich ans Bett. Sein Körper auf dem meinen. Sein erregter Atem elektrisiert meine Haut. Die leichte Kleidung ist im Nu abgestreift. Seine Hände drücken mich in die Matratze. Unsere Küsse sagen ‹Nimm mich jetzt für diesen kurzen Augenblick.›

Aneinander geschmiegt, berührt und geküsst machen wir Liebe wie jeden Mittwoch. Vertraute Liebe, weil jeder den anderen kennt.

Zurückgedacht, die ersten Male mit Nick waren unbeholfen und fremd. Ich dachte schon, er wäre nicht der Richtige für meine Mittwochabend-Sexdates.

Doch nach der Zeit haben wir gelernt was der andere mag und nicht mag. Das ist das Wichtigste – es muss für beide in Ordnung sein.

112

Berührt, geküsst und geliebt. Zufrieden liegen wir nebeneinander. Die Haut feucht, der Atem schwer und mit einem Lächeln im Gesicht.

Es ist Fünf vor halb Sieben. Ein kurzer Augenblick bleibt noch. Dann um halb Sieben geht Nick wieder.

Jeder hat seine Vorlieben, seine Wünsche und Vorstellungen. Jeder seine Strategien diese zu leben. Wie diese Frau mit ihren wöchentlichen Sexdates, wie Mila mit der freien Liebe oder Lara mit ihrem Wunsch andere glücklich zu machen.

Es sind Momentaufnahmen, kurze Augenblicke. Manche sind besonders, andere gewöhnlich.

Manchmal machen wir sie zu etwas Besonderem und manchmal vergessen wir sie. Manchmal lernen wir daraus und manchmal stolpern wir immer wieder über dieselben Steine. Manchmal nehmen wir an und manchmal wollen wir auf keinen Fall. Manchmal nutzen wir aus und manchmal werden wir ausgenutzt. Manchmal sind wir der Arsch und manchmal treffen wir andere Ärsche. Manchmal sind wir der Feigling und manchmal kennen wir viele Feiglinge.

Manchmal sind wir ehrlich und manchmal lügen wir uns selbst am besten an. Manchmal schenken wir und manchmal werden wir reichlich beschenkt.

Manchmal sind wir glücklich und manchmal machen wir viele um uns glücklich.

Es sind diese Gegensätze, die in jedem von uns stecken.

Aufgrund dieser Beobachtungen, wurde ich gebeten diese Gegensätze festzuhalten. Über sie zu schreiben und ihre Geschichten zu erzählen. Denn die besten Geschichten schreibt immer das echte Leben.

In diesen Geschichten sind Mila und Lara diese Figuren. Sind im Kleinen im Menschen und im Großen auf der ganzen Welt.

Lara ist die Vorsicht und Mila der Mut. Lara ist die Treue und Mila die Neugierde. Lara ist die Verweilerin und Mila die Abenteurerin.

Sie sind wie Sprechblasen, welche nicht den Dialog finden. Sie sprechen verschiedene Sprachen.

In diesen Geschichten will Lara andere glücklich machen, sucht die richtigen Worte und findet ihre Ehrlichkeit.

Während Mila sich selbst genießt, macht was ihr guttut und ihre Freiheit findet.

Mögen Lara und Mila das finden was sie glücklich macht. Möge jede Frau auf der Welt finden, was sie innen und außen schöner macht.

Der Titel ist inspiriert von den vielen Geschichten, die mir berichtet wurden.

Jene, die von Chancen reden. Jene, die von Herzenswünschen erzählen. Jene, die vom Stolz sprechen. Jene, die das Ausnutzen erwähnen. Jene, die von Ablenkung klagen. Jene, die vom Herz öffnen singen. Jene, die die eigene Wahrheit äußern. Jene, die von der Sehnsucht behaupten. Jene, die von der Liebe schwärmen.

Alle erzählen sie einen kleinen Teil, was es heißt Frau zu sein.

Hier verabschiede ich mich von Ihnen. Mögen Ihnen weitere Gegensätze auffallen, denn kein Gegensatz ist ohne dem Anderen.